凤凰枝文丛 ／ 孟彦弘　朱玉麒　主编

书味自知

谢欢　著

凤凰出版社

图书在版编目（ＣＩＰ）数据

书味自知 / 谢欢著. -- 南京 : 凤凰出版社,
2024.5
（凤凰枝文丛 / 孟彦弘，朱玉麒主编）
ISBN 978-7-5506-4121-1

Ⅰ．①书… Ⅱ．①谢… Ⅲ．①随笔－作品集－中国－
当代 Ⅳ．①I267.1

中国国家版本馆CIP数据核字(2024)第036740号

书　　　　名	书味自知
著　　　　者	谢　欢
责 任 编 辑	张永堃
特 约 编 辑	蔡谷涛
书 籍 设 计	陈贵子
责 任 监 制	程明娇
出 版 发 行	凤凰出版社(原江苏古籍出版社)
	发行部电话025-83223462
出 版 社 地 址	江苏省南京市中央路165号，邮编:210009
照　　　　排	江苏凤凰制版有限公司
印　　　　刷	苏州市越洋印刷有限公司
	江苏省苏州市吴中区南官渡路20号，邮编:215104
开　　　　本	880毫米×1230毫米　1/32
印　　　　张	9.75
字　　　　数	179千字
版　　　　次	2024年5月第1版
印　　　　次	2024年5月第1次印刷
标 准 书 号	ISBN 978-7-5506-4121-1
定　　　　价	68.00元

(本书凡印装错误可向承印厂调换,电话:0512-68180638)

谢 欢

1988 年出生于江苏宜兴，2016 年毕业于南京大学信息管理学院图书馆学专业，获管理学博士学位，2018 年 9 月至 2019 年 9 月美国北德克萨斯大学信息学院访问学者，现任南京大学信息管理学院图书馆与数字人文系主任、副教授、博士生导师、中国索引学会理事、中国图书馆学会图书馆学教育委员会副主任委员。主要研究方向：中外图书与图书馆史、历史文献学、公共文化事业发展，已出版《钱亚新年谱》《回归与传承：钱亚新图书馆学学术思想论稿》《图书馆学导论》《美国公共图书馆史》等学术著（译）8 部，在《中国图书馆学报》《中华读书报》《中国社会科学报》《文汇报》等国内外报刊发表学术论文50 余篇。

弁　言

　　"凤凰台上凤凰游"，是李白《登金陵凤凰台》之诗句，昔年我江苏古籍出版社立足南京、弘扬文史，而更名所由也。

　　"碧梧栖老凤凰枝"，是杜甫《秋兴八首》所吟咏，今日我凤凰出版社为学林添设新枝，而命名所自也。

　　30多年来，凤凰出版社围绕中华传统优秀文化，彰显传承文明、传播文化、服务大众、贡献学术的出版理念，坚持以整理出版中国文、史、哲古籍及其研究著作为主的专业化方向，蒙学界旧雨新知之厚爱、扶持，渐已长大成为"碧梧"，招引了学界"凤凰"翩然来栖。箫韶九成，凤翥凰翔！嘤其鸣矣，求其友声！

　　"凤凰枝文丛"是本社与学界同人共同打造之文史园地，除学术研究论文外，举凡学人往事、经典品评、学术札记之文化随笔，旧学新知，无所不包。是作者出诸性情而诗意栖息之地，读者信手撷取而涵泳徜徉之处。

　　"凤凰鸣矣，于彼高冈。梧桐生矣，于彼朝阳。"

　　愿"凤凰枝文丛"成为我们共同的文化家园。

2019.5.22

自序

得知本人一本小书得以忝列"凤凰枝文丛"中，可谓又喜又惧。喜的是，多年来的练笔得以出版；惧的是，该套丛书作者多为名家前辈，我一后生小子，忝列其中，自然有些惶恐。出书按理要有篇序，想到多年前读完《30年中国人的阅读心灵史》（张维特编，中国对外翻译出版公司，2009年）一书后，颇有所感，于是仿照该书内容写了一篇回顾自己读书经历的文字，但当时也是一时兴起，写完便弃之电脑了。此次良机，正好检出这篇少作，重新删改，以充本书序文。

我出生在1980年代后期，没有经历过"文革"，自然也就缺少了对于《30年中国人的阅读心灵史》书中人物以及其他许多"40后""50后""60后"学者所经历的那种"阅读饥渴""知识饥渴"的体认。我幼时生活在江南的一个小镇，小时候不像城里的孩子有机会去少年宫、图书馆等场所，我们基本上是"到处乱窜"，田间地里、水汊沟边都是我们的常去之地，怎会安心读书？现在回想起来，在初中以前除了课本之外，真的能称得上课外阅读的估计也就是读作文选了。那时虽然家中有不少书报，但由于父亲职业（放射科医生）及业余兴趣（对家电维修很感兴趣）的缘故，这些书报基本都是与医学或家电维修有关，而我对这些则是毫无兴趣。我所在的小镇并没有像样的书店，而所就读的小学虽然有一间图书室，但基本处于封闭状态，印象中直到六年级时才可以借阅图书，不过由于面临"小升初"，学校老师抓得也紧（虽然初中是义务教育，但是每个学校在全市的排名主要是依据学生考试成绩来的，所以当时的小学老师都比较负责，对学生课业抓得比较紧），很少能去借书。

进入初中以后，我的阅读量开始猛增，而且读的绝大部分都是文学名著。起初读名著是因为那时教育主管部门规定中学生要读中外名著，并且在期末考试的试卷中会出相关试题，所以学校老师都很重视。一开始读这些名著当然是为应付考试，但是读着读着发现渐渐喜欢上了读名著。有时去宜兴市区，还会特意去新华书店买上一两本，记得那时人民文学出版社出版了一套"教育部《中学语文大纲》指定书目（中学生课外文学名著必读）"丛书，这套书我基本上都买全了。初中我读过的，给我留下较深印象的文学名著有国外的《钢铁是怎样炼成的》《鲁宾孙漂

人民文学出版社"教育部《中学语文大纲》指定书目（中学生课外文学名著必读）"丛书部分书影

流记》《格列佛游记》《欧也妮·葛朗台》《茶花女》《红与黑》《绞刑架下的报告》，国内的《呐喊》《朝花夕拾》《繁星·春水》《骆驼祥子》等。到初二、初三时，我开始阅读大量的中国古代文学作品，如《红楼梦》《老子》《庄子》《唐宋八大家散文选》《三国演义》等等，当然也涉猎其他如大部分男生喜欢的武侠小说、青春漫画等。那时候的阅读可以说到了一个"痴迷"的地步，经常会看到晚上一两点，有几次还彻夜读《红楼梦》。现在回想起来，那时候虽然痴迷于阅读文学名著，但很多并未读懂，不过那种彻夜翻书的感觉确实让人记忆深刻。从初中开始，我在阅读的同时，也开始慢慢尝试写一些东西，而人生中的第一篇铅字就是在初中时候发表的（也包括人生中的第一笔稿费——20元），刊发那篇文章的报纸我至今仍保留着，现在回头去看文字虽然极其稚嫩，但是这对于我确是极大的一个鼓励。除了投稿外，我还会积极参加有关机构组织的征文比赛，也得过一些奖，印象最深的一次是初三时获得宜兴市教育局组织的"快乐暑假，轻松阅读"中小学课外阅读征文比赛二等奖，那次投稿的作品好像是关于《三国演义》的，具体已不大记得了，不过获得的200元购书券却印象深刻，因为对于当时的我而言，这200元着实称得上是一笔巨款了。拿到购书券后，我立即在周末乘车至宜兴新华书店，在书店任意挑书的情景至今仍历历在目，而这次购买的图书不少现在也还在书架上。

正是初中这一阶段丰富的、无拘束的阅读经历，养成了我对文史的兴趣；而人生中第一次公开发表习作，更是激发了我写作的热情，至今不息。

高中阶段是我人生阅读史上一段"灰暗"时期。当时高考的压力确实挺大，课业也很重，几乎没有课外阅读时间。不过，进入高中后，有两件事还是值得一提：当时我所在的宜兴官林中学建有一座规模宏大、设施豪华的图书馆，前几年我回母校看到这座图书馆后，仍然觉得这座图书馆在中学图书馆中应该算是非常不错的。那时，教语文的刘宏雷老师，定期会将他的语文课时间专门用作我们的阅读时间，带我们去图书馆由我们随意翻阅书刊，去图书馆也成为我们上刘老师语文课最大的一个期待。另外一件事是，当时学校允许学生自己订阅报刊，我在高二时订了一份《青年文摘》，这本杂志也成为我高二生活的重要陪伴者。当时，杂志都是由班主任签收，而我们班主任每次签收完之后都不会立即给我，而是等到放假（当时每两周放一天）时才把杂志给我，让我回家再看。不过难得的假期，怎会用来看杂志？所以，我一般都把杂志偷偷留在学校，返校后，或是在宿舍，或是在教室上晚自习时偷偷地看。偷看时的那种紧张心情，现在想来还有点"不寒而栗"，因为如果被老师发现晚自习不好好做"正事"，处罚是很严厉的！遗憾的是，进入高三后，班主任说"读这些东西会分心"，所以不允许我再订，我与《青年文摘》的缘分到此也就结束，此后再也没有翻阅过这本杂志。

进入大学后，自由支配的时间明显多了，大一时，我把大部分时间都用来阅读，或许是想以此弥补高中三年的遗憾吧！那时也是什么书都读，有一种回到初中的感觉。我记得当时读的最多的便是人物传记，政治、文化、学术乃至娱乐明星，各界人物都有，其中尤以民国学人传记为最，而对于学人传记的热爱至今未减。但大学时的阅读与初中时又有很大的不同，最主要的就是学会了做阅读笔记，这一习惯至今仍然保持。记得那时候每个礼拜都要去几次图书馆，每次去的时候手里都会捧着好几本书，而出来的时候，手里依旧捧着一摞书，这种感觉真的非常好！可惜，到了大二的时候，我开始越来越多的涉猎专业领域，虽然从图书馆借的书的数量不比原来少，但范围显然没有以前那么宽广了，像大一那样无拘无束地读"闲书"的时间也越来越少了。进入大三后，因为早早地确定了要继续读研深造，所以着手准备考研所需的英语、政治，阅读量又有所下降，好在获得了免试读研的资格，阅读量得以"触底反弹"，大四课程本来就不多，加上保研之后不用担心找工作，所以大量的时间都可以用来阅读，这一段时间的阅读和大一时候差不多，各种题材广泛阅读。但是阅读水平较之大一则是有了显著的提高，会针对阅读中产生的问题去借阅新的资料，这种滚雪球式的、思辨性的阅读，对于研究思维的培养无疑是大有裨益。

读研之后，特别是随着自己的学术研究兴趣确定后，阅读的领域越来越窄，除了专业文献之外，其余阅读的内容基本只限于文史领域。阅读之余，每有所感，便会写下来，于是就有了本书中的诸多文字。本书取名《书味自知》，因为我一直认为读书是一种非常私人化的行为，即使对于同一本书、同一段文字，每一个人的体认都是不同的，这或许也就是西方所谓的"一千个读者有一千个哈姆雷特形象"，而其中滋味当然只有阅读者自身最为清楚了。

本书共三辑，第一辑收录的是我关于文学、历史论著的阅读心得；第二辑则是对于阅读所学专业图书馆学及相近领域论著的体会；第三辑收录的则是与"书"有关的随笔、札记以及所出版论著的序跋。这些文字，既有刊发于《图书情报知识》《图书馆论坛》《新世纪图书馆》《山东图书馆学刊》等专业学术报刊，也有见诸于《中华读书报》《书屋》《山东文学》《苏州杂志》《开卷》等文学、文化类报刊，当然，还有不少文字是初次与大家见面。收录于本书时，部分文字有所修改，大部分则是保留原貌。这些文字或许稚嫩，或许天真，或许苦涩，或许无味，但这些文字所反映的，确实是我刚读完一本书时真实感受到的味道！

是为序。

谢欢

2021 年 10 月 28 日于金陵江畔味斋

目录

第三辑

第
一
辑

汇通中西　才兼文史

——《洪业传》读后

　　2013 年 10 月的一天，在浏览网络书店时无意间看到了商务印书馆新出的《洪业传》书讯，洪业先生是燕京大学的重要学者，其参与创办的燕京学社在索引研究与编制上对中国学界做出了巨大的贡献，而索引正是我所在的图书情报领域重要研究内容之一，我最早知道洪业先生也是通过阅读其《引得说》一书开始的。1946 年洪业先生应邀赴美讲学，本只打算停留一年，无奈国内时局变幻莫测，洪业先生在"再住一年、再住一年"的计划中永久地留在了美国。由于洪业先生后半生客居美国，加之国内政治等诸多原因，学界对于先生后半生可谓知之甚少，而《洪业传》一书无疑为我们了解洪业先生的一生提供了重要的帮助。

　　《洪业传》(该书最早是以英文的形式由美国哈佛大学出版，中文繁体字版于 1992 年由台北联经出版社出版，

1995年北京大学出版社出版了该书的简体字版，然当时书中存在不少讹误，且时隔近二十年，该书早已售罄，故2013年商务印书馆根据该书作者陈毓贤女史修订版再次出版该书）一书应该说是第一部洪业先生的传记，故立即购下，两天后书便到手，然而拿到书后却一直将其束之书架，不曾开卷品读。2013年11月25日，在图书馆阅报时，发现2013年11月20日《中国社会科学报》A08版为介绍"十大商务印书馆2013人文社科好书"的专版，《洪业传》一书又赫然在列，这更加增加了我对该书内容的好奇。不过，从图书馆回去之后依旧没有及时阅读该书，直到最近几天，略得闲暇，始读此书，一旦开卷便不忍释手。本书作者陈毓贤女史是洪业先生受业弟子艾朗诺（Ronald Egan）教授的妻子，与洪业先生颇为熟稔，自1978年始，陈女史每周日下午都会携带录音机专门造访洪寓，与洪业先生喝茶忆往，为此积累了长达三百多个小时的录音，这些录音也成为陈女史撰写本书的重要依据，书中不少内容便是直接转述洪业先生的口述内容。读罢全书笔者也是颇有所感，遂决定记下几笔。

（一）早岁已知世事艰

公元13世纪蒙古南侵，当时有一位洪姓男子为避战乱南逃至福州后蒲，逐渐安定之后便在该地繁衍生息，洪氏家族日趋壮大。1893年10月27日出生于福州的洪业便是这支洪氏的后人。洪业曾祖父以经商起家，小有成就，故家庭较为富足，然曾祖早逝，曾祖母为避欺凌携子逃至福州城中靠典卖细软、为人缝补谋生。曾祖育有一子，即洪业祖父，祖父为厨师，育有四子两女，长子、次子先后中文、武秀才，三子早夭，幼子便是洪业之父洪曦。1876年祖父过世，洪家家道随之中落。为帮助养家，当时年仅十岁的洪曦便外出充当学徒，然洪曦有志于学，在家人及一位陈姓教师帮助下开始读书，先后中秀才、举人，虽未进士及第，然因其才能突出被选为候补知县、知县，远赴山东开始了其宦海生涯。洪曦育有六子一女（幼子未满周岁便夭折），洪业为其长子。

幼年，洪家经济拮据，居无定所，平常只有蔬菜送饭，偶尔加点咸鱼，鸡鸭也只有逢年过节才会见到，猪肉更是少见。洪家的生活无疑是清贫的，幸运的是由于父亲在外做官，洪业更多时候是跟着母亲住在外祖父家中，只有在父亲回闽探亲时才住回洪家。而外祖父是一位茶商，家中较为殷实，洪业母亲又是外祖最为钟爱的长女，且外祖没有子嗣，因此对洪业也就格外疼爱，洪业在外祖家度过了非常快乐的幼年时期。洪业8岁时，祖母过世，父亲回福州奔丧，丧事结束后，便携妻、子同奔赴济南，洪业由此开始了在北方的童年生活。1906年父亲洪曦正式当上山东鱼台知县，而仅仅上任一年，就患重病，只得辞官返回济南，洪家经济随之陷入困境，作为长子的洪业把上学的机会留给了二弟，自己留在家中照顾父亲。洪曦虽患病，但对于侍奉身边的长子的课业却从未懈怠，严格督促。在家人的照料之下，洪曦病情逐渐缓和，洪业也在此时考取了山东师范附属中学，后转入"客籍学校"。

洪业青少年时期，正值中国最为贫弱、饱受外敌欺侮之时，国家贫弱激发了洪业以武卫国的念头。在征得父母同意后，洪业决定报考上海海军学校，然因赶考途中遭遇大风浪，错过了考期，在商务印书馆总编辑高梦旦先生的建议下，洪业回乡考入由美国传教士在福州创办的英华书院。入英华书院者大多为商人子弟，衣着光华，而洪业常年"陈旧的蓝布衫"经常为同学所笑，然洪业并不以为然，仍旧发奋读书，学业突飞猛进，尤其是在此期间，他打下了良好的英文基础。除学习之外，洪业在英华期间，还积极参与社团活动，担任过学生会会长。洪业担任学生会会长期间做的最令其引以为豪的一件壮举便是于 1914 年揭露日本"二十一条"的野心。1912 年洪曦去世，这对于年仅 19 岁的洪业来说无疑是一个巨大的打击，在英华校长高迪夫人的劝导下，洪业在父亲去世后不久便皈依了基督教，1915 年夏洪业以优异的成绩从英华毕业，是年秋在美国人埃德温·琼斯的资助下赴美留学，入俄亥俄卫斯良大学，开始了长达八年的留美生活。

（二）游美八载定志业

1915 年秋，洪业正式插入俄亥俄卫斯良大学三年级，主修化学及数学两科。在卫斯良的两年对于洪业来说也是一生中比较快乐的一段时期，在这段时期洪业第一次乘汽车，第一次乘电梯，第一次看卓别林电影，第一次打网球……对于一个刚从中国来美的青年而言，这里的一切都是那么的新鲜！新鲜、毫无拘束的美国大学生活激发了洪业兼职的热情，他通过学校青年会的介绍帮体育馆洗刷地板、在校友办公室拆信件、开夜校为小孩补习数学、参加学校福音队到俄亥俄各农村小镇去传道……洪业在做这些事时都兴致勃勃，由此获得了"快乐洪"的雅号。在卫斯良的最后一年，洪业在选修埃里克·斯诺教授的基督教历史课时，发现了历史与化学竟有许多相似之处：化学是研究物质间的反应，而历史则是研究人与社会制度间的微妙关系。洪业渐渐开始考虑毕业后继续研究历史，在好友刘廷芳的建议下，洪业最终决定入哥伦比亚大学研究生院研究历史。

1917年秋，洪业正式进入哥伦比亚大学研究生院研读历史，1919年硕士毕业。在哥大的两年是对洪业一生起决定作用的两年。哥大期间，在詹姆斯·鲁宾逊（James Robinson）教授的影响下，洪业树立了一种超越地理政治界限、以全人类的进展为背景的新历史观，这为他以后融通中西的治学理念奠定了理论基础。由于从小受儒家教育的影响，洪业对于儒家学说推崇备至，早在英华书院读书时，洪业就表现出了这种倾向，当时虽身处教会学校，但是洪业对于中国传统文化尤其是儒家学说却是积极捍卫，并认为儒家学说比基督教高明。而随着不断学习，尤其是在国外留学的几年，洪业逐渐开始将东西方学说融汇起来。1918年，洪业在哥大学习的第二年，他在《留美青年》上刊登了题为《失败者》的一篇长文，内容是关于中国的孔子、希腊的苏格拉底、犹太国的耶稣，该文可视为洪业融汇中西思想的较早尝试。后来回到燕京大学后，洪业对于刘廷芳创立的国学研究所一直颇多微词，因为洪业一向反对"国学"这个概念，在他看来学问是没有国界的，所谓的"国学"不能孤芳自赏，中国的学问更应该需要有现代训练、有世界常识的人来研究。直到晚年，洪业依然坚定地认为物质世界与精神世界是不脱节的，东方与西方之间没有鸿沟，古代与现代之间没有裂罅，他对只看到间隔、鸿沟、裂罅的人往往也很不耐烦，这些观念都与他在哥大研究生院求学时期所受的教育有关。

除鲁宾逊教授外，哥大联合神学院的阿瑟·麦吉弗特（Arthur McGiffert）对洪业的影响也非常大。早先，洪业本打算在硕士毕业后从事神职，但在麦吉弗特教授的影响下，洪业对于基督教的认识更趋理性，对教会的感情也从之前的满腔热爱到"甚至有点可憎可怕"，这些都导致洪业最终决定放弃牧师职业而专门从事学术研究，并于1919年定下了"三有""三不"原则，即"有为、有守、有趣"，"决不做政府官员、不做牧师、做教员而不做校长"，这"三有""三不"原则似乎是洪业与这个世界划分的一条界线，限定了其以后的发展范围，而事实也证明洪业此后五十余年的确恪守了这六条原则。我们应该庆幸洪业在学术与神职之间做出的抉择，假如洪业当年选择成为一名牧师，他应该也会是一名很称职的牧师，但对于中国近代学术发展来说却是巨大的损失。

1919年洪业从哥大研究生院毕业后又进入了哥大协和神学院学习，1920年顺利毕业并获得神学学士学位，此时的洪业本想进一步攻读历史学博士学位，但因为诸多原因并未如愿。此后的两年，即1920到1922年，洪业应美国几家独立演说局邀请，在全美进行巡回演讲。1922年应司徒雷登之聘，担任燕京大学历史学助理教授，1923年8月，在离开中国八年以后的洪业携妻女（洪业1919年与美籍华侨江安真女士结婚）重渡太平洋，返回中国，开始了在燕京二十三年的传道授业生活。

（三）传道燕京声名显

1923年，洪业回国伊始就全身心地投入燕京大学的各项工作中去，勘定新校址、维护全校日常教学、改进图书馆、延聘名师……在洪业与其他燕大同人的苦心经营下，燕京大学焕然一新，成为中国高校中的佼佼者。洪业在北京燕大服务的二十三年间（1930年曾休假一年赴美教书），做了两件对中国现代学术贡献卓越的事：其一，培养了一大批具有国际眼光的学术精英；其二，将现代学术研究方法与中国传统学术研究相结合，参与创办燕京学社推动中国学术现代化进程，而这足以让洪业名垂青史。

洪业回国后一方面担任燕大的行政领导职务，另一方面还先后担任燕京大学历史系教授、系主任、图书馆馆长、哈佛燕京学社引得编辑处主任、研究院历史学部主任和研究生导师等职，在此期间培养了一批著名的历史学者，这其中包括：治春秋战国史的齐思和、治魏晋南北朝史的周一良和王伊同、治宋史的聂崇岐、治辽史的冯家升、治蒙元史的翁独健、治清史的王钟翰、治历史地理的侯仁之和谭其骧、治方志的朱士嘉、治制度史的邓嗣禹……这些后来闪耀在中国史学领域上空的群星，都与洪业的培养分不开。洪业培养学生主要通过课堂上的挖掘，在课堂上洪业随时留意可从事历史研究的好苗子。一旦发现那种头脑清楚、有做学术探讨所需的独立精神的学生，洪业便会奖励提携，众多有潜力的学生就是在洪业先生的"奖励"中被发现的。陈毓贤女史在《洪业传》一书中就举了被燕大同学戏称为"洪煨莲第二"的翁独健先生的例子，颇具可读性。对于洪业先生的教学方式，曾毕业于燕京大学的夏自强先生在撰文回忆燕京大学史学系的办学特色时有专门的论述：

办好一个系还有一个至关重要的因素，就是要有一个稳定持续的高水平的指导核心。他们并非都是系行政的负责人，但是这个系的决策性人物。在燕大历史系，这个核心就是洪煨莲先生、邓之诚先生和顾颉刚先生，特别是洪、邓两位先生。……他们热爱教育，善于教学，对燕大历史系的建设与发展有一套设想与规划，并积极促其实现。

……

和任何一门学科一样，燕大历史系十分注意治学方法，也十分注意掌握本门学科自己的特殊治学方法。燕大历史系为此进行了认真的探索，在洪煨莲先生亲自主持下，在课程设置上增加了两门课：《初级史学方法》和《高级史学方法》。分别在二、三年级开设，这在全国高校都是很少有的。洪先生治学十分严谨，教育学生亦是。言必有据，朴实无华，实事求是。……他要求学生研究一个问题，一定要将它的始末搞清楚，原原本本按照事物发展的真实过程描述出来。搞不清楚的，宁可存疑也不要轻下断语。他说，历史研究最忌主观，一旦先入为主，终致失之偏颇。

（夏自强《经世致用的史学思想，科学严谨的史学方法——燕大历史系的办学特色》，见燕京大学北京校友会编写《燕京大学办学特色》46—56页）

从上述回忆可知，洪业先生之所以会培养出如此多知名学者，与其严格的史学训练是密不可分的，洪业对于可造就的人才，除奖励之外还会鼓励他们学好外语，并努力帮助他们出国深造，如齐思和、翁独健、聂崇岐等都是在洪业的帮助下获得了赴美深造或讲学的机会。好的导师除了在学业上帮助学生之外，在生活上也会对学生关爱有加，洪业亦是如此。燕大历史系研究生李崇惠患了严重的肺病，洪业知道后立即请美国的朋友帮忙，在获得了一千美元的资助之后旋即将李崇惠送至西山静养，并请人细心照料，半年后该生病即痊愈；1959 到 1962 年，大陆因天灾人祸闹饥荒，洪业听说昔日的学生齐思和瘦得皮包骨了，便立即用刚获得的一笔稿费购置了食油及肉干托人寄给齐思和。由此可见一斑。

洪业在燕大期间所做另一贡献就是参与创办哈佛燕京学社。美国铝土矿电分离的发明人查尔斯·马丁·霍尔（Charles Martin Hall）曾将巨额遗产中的一部分用于资助亚洲的文化教育事业，自从得知这个消息，洪业便开始全程策划争取从这笔资金中获得资助，在他与司徒雷登等人的共同努力下，哈佛燕京学社于 1928 年正式成立。1930年在洪业的倡议之下，燕京学社成立了引得编纂处，洪业自任主任，在此后的二十余年中引得编纂处编制了大量的中国古代经典索引，为现代学者研究古典文献做出了巨大的贡献，胡适先生对此也是大为赞赏，曾撰文指出："（我）特别要向洪业博士致敬：他建立燕京大学的中文图书馆，出版《哈佛燕京学报》，而且创办一项有用的哈佛燕京引得丛书，功劳特别大。"洪业也于 1931 年出版了

《引得说》一书，全书共有三篇组成，第一篇"何谓引得"、第二篇"中国字庋撷"、第三篇"引得编纂法"，可以说，《引得说》是中国近代古籍索引研究的开山之作。不过《引得说》一书的最大贡献，还是在于创造性地发明了"中国字庋撷"这一汉字排检方法，燕京学社引得编纂处编制的所有索引都是根据这种排检法排列的，然而遗憾的是，陈毓贤女史在《洪业传》中却用"撷"取代了"撷"，看似差别不大，其实却是没有领悟洪业先生的真谛。洪业先生的这套排检法是根据中国字结构发明的，在汉字没有简化之前，"庋撷"二字不仅有放入取出的意思，而且代表了汉字的十种笔画如下：

庋　、　点，如文字头、三点水首笔的点。

　　一　横、挑、右钩的横，如一，挑土旁的第二笔。

　　丿　平撇、斜撇、直撇，如禾字、反犬、月字旁的首笔。

　　十　两笔相交或一正一斜，如十、左字头、子字的末笔。

　　又　两笔相交，而皆斜行，如希字头、交字末二笔。

撷　扌　直及斜直之插透两笔以上，如戈、夫、丰字的第二、第三、第四笔

　　糸　系字各部及其变体，如巢字首笔、光字头。

　　厂　横或直以其中间之上下或左右连于直或横，

如丁、土、非字横直相连之处。

目　一笔之结构或两笔相接而成一角，如平盖头

的次笔，口字的左上角，盾字笔。

八　八与人及其变体，如羊字头、每字头。

（《钱亚新别集》，南京大学出版社，2013 年 5 月，

99 页）

洪业先生对这套汉字排检法的命名和设计，是花了一番心血的，真正做到了名副其实，非使用过这种方法的人是不知道其中之真谛的，像洪业先生的弟子王钟翰当年因使用过这种方法，所以在诸如《洪业论学集》《洪煨莲先生传略》中便不曾犯"撷"取代"擷"这种错误。

（四）家国万里长思念

1946 年洪业先生赴美讲学，本来只是短暂地停留，但由于国内时局变幻莫测，这一停留便是三十余年，洪业先生后半生在美国主要的精力都用来研究杜甫，出版了一系列颇具分量的学术著作。身虽居美，然心中却时刻不忘故土，1980 年陈毓贤女史与丈夫回大陆探亲期间，特意去了一趟北京大学，为的就是替洪业先生看看他心爱的那棵紫藤萝，然物是人非，紫藤早已不在，不知洪业先生得知这个消息后作何感想。同样是在 1980 年，洪业先生委托留在北京的弟子，将其心爱的三万册图书全都捐献给了中央民族大学图书馆。当年的弟子翁独健、王钟翰在征得

洪业同意后，将洪先生中文论著凡37篇结集为《洪业论学集》，由北京中华书局出版，以此作为对洪业先生学术的一个总结。

1981年12月22日，洪业先生溘然长逝。翌年4月14日，北京举办了一场追悼会，与会者共计三百余人，其中不少都是当年燕京学子；5月3日，美国哈佛大学也举办了一场追悼会；1982年6月1日，留美的洪业先生昔日的学生于匹兹堡又召开了一场纪念会。1996年刘梦溪先生主编《中国现代学术经典》系列丛书，特设《洪业·杨联陞》卷，将洪业先生与严复、王国维、陈垣、陈寅恪、顾颉刚等诸多大师并列，这也算是对洪业先生的一种认可。2013年是洪业先生诞辰120周年，商务印书馆出版《洪业传》一书，应该算是对先生的一种纪念！

2013年12月24日于南大南园

"陈寅恪"五题

相敬如宾　生死与共
——读《也同欢乐也同愁——忆父亲陈寅恪母亲唐篔》

前几日浏览《悦读时代》，发现书讯一则：陈寅恪先生三位女儿陈流求、陈小彭、陈美延撰写回忆父母的回忆录《也同欢乐也同愁——忆父亲陈寅恪母亲唐篔》（北京三联书店，2010年4月）。寅恪先生是我非常钦佩的一位学人，之前关于寅恪先生的书及文章我已读过不少，但这些论著大多是出自陈寅恪先生同辈友朋或后辈弟子之手，骨肉至亲撰书回忆先生夫妇的，此书应该是第一部，旋即在"当当网"购置一本，收到书后，花了一天半的时间把书读毕，颇有所得。

本书书名"也同欢乐也同愁"，取自1955年9月3日陈寅恪先生在其与夫人唐篔女士结婚纪念日所作《旧历七月十七日为莹寅结婚纪念日赋一短句赠晓莹》一诗（同梦匆匆廿八秋，也同欢乐也同愁。侏儒方朔俱休说，一笑妆成半白头）之第二句。

全书分为"父亲早年的点滴旧事""父母亲婚姻及我们姊妹名字的由来""抗战前的家居生活""抗战期间""抗战胜利后""母亲""附录"七个篇章，此外，为了帮助读者更好地理解书中所涉及人物，作者还特意在书前冠有"本书主要亲属称谓及关系"。书中大部分史实在目前有关陈寅恪先生的传记作品中几乎都有涉及，但本书与以往的传记作品相比，少了些许"冰冷的学术思想"的阐释，多了几分家庭温馨的回忆；少了些许学人间"恩怨情仇"的揣测，多了几分亲情温暖的描摹。

此外，该书与其他作品还有一点较大的不同，那就是书中的"中心人物"！以往关于陈寅恪先生的传记作品，其核心无疑是陈寅恪先生，然而，读完《也同欢乐也同愁》感觉书中的中心人物并不是陈寅恪先生，而是其夫人唐筼女士。

唐筼女士是台湾最后一任巡抚唐景松之孙女（陈寅恪先生是维新名臣湖南巡抚陈宝箴之孙，二人也可说是门当户对），唐筼早年入北洋女子师范学堂，在校期间，学习认真努力，成绩优秀，爱好音乐、美术，并常习书法，写得一手好字（日后寅恪先生诸多文稿都由其代为抄录）。1915年毕业后苦于经济困难，放弃继续深造之机会，开始从事小学教育工作，然其在小学工作亦是为了积攒学费，以便日后继续深造之用。1917年唐筼女士入上海基督教女青年会所设立之体育师范就读，两年后毕业，开始从事体育教育工作。后又入南京金陵女子大学体育专业本科，继续深造，在金女大学习期间唐筼热衷于学生事务，曾作为学生代表与当局进行交涉，后因身体原因，辍学回到北方继续从事女子体育教育工作。唐筼在北京女子师范大学任体育教师期间，还曾担任北京中等以上学校体育联合会裁判，并积极参与北京体育学会的工作。从以上经历不难看出，唐筼女士也是一位"女强人"，有着强烈的事业心。

1928年唐筼女士与陈寅恪先生喜结连理，不久后生下长女流求。女儿出生后，一方面由于身体原因，另一方面为了支持陈寅恪先生专心治学，使其不为琐事分心，这位"女强人"毅然决然放弃其全部的事业，全身心投入这个家中，并为这个家，付出了自己的一切。对于这些，陈寅恪先生也十分清楚，所以日后他在教育自己的三位女儿时会说"你们可以不尊重我，但必须尊重母亲"（274页）。在三个孩子心中，母亲唐筼确实是"家中的主心骨，没有母亲就没有这个家"，书中有如下一段内容：

我们姊妹在回忆儿时往事和家中生活时，都不约而同地想专门写写母亲。在我们家中，母亲几乎无时不在，无处不在。她所做的一切，看似平凡，却如涓涓细流一直滋养润泽着父亲和孩子们。她所发挥的作用，随着岁月的增长越来越重要，尤其到了父母暮年，可以说没有母亲就没有父亲：她对父亲生活上无微不至地照顾，业务上倾心竭力地帮助，尤其是精神上的全心支持，是他们得以共同生活下去的根本。

上述文字不难看出唐筼女士确实称得上家中的"主心骨"，而从上述这段话也更能理解上文所提的陈寅恪先生对女儿们的教诲了。1969 年 10 月 7 日，陈寅恪先生于"文革"中含恨去世，在先生走后的 45 天，即 1969 年 11 月 21 日，唐筼女士"感到一生的任务已经结束，便追随生死与共的伴侣而去了"（274 页）。《陈寅恪的最后二十年》一书作者陆键东先生在写到唐筼女士追随陈寅恪先生而去时亦有如下文字：

死，是轻而易举的。唐筼大半生靠药物维系着生命，只需停药数天，生命的苦痛与哀伤便永远结束。……

七十一岁的唐筼，平静地了断了七十一年的人生之凄苦。为陈寅恪而活着的唐筼，亦为陈寅恪而死。陈寅恪的人生应该延续到 1969 年 11 月 21 日这一天。

（陆键东：《陈寅恪的最后二十年》，北京三联书店，1995 年 12 月，485 页）

读到此，心中不免凄然！

但是，读罢本书，总还感觉有些许遗憾，那就是寅恪先生从南迁岭南大学到"文革"去世这段时间内的生活状况三位作者几乎没有涉及，按照道理作者们应该知道许多外界不知道或者是误传的事，然而三位作者却"惜于笔墨"，难道是因为已经有一本《陈寅恪的最后二十年》（该书当年也的确惹出过笔墨官司），或是因为那个时代给人留下了特殊时代烙印，使作者不想多言。

总而言之，《也同欢乐也同愁：忆父亲陈寅恪母亲唐篑》一书让我们从另一个侧面了解了陈寅恪先生及其家人许多鲜为人知的故事，同样也为研究陈寅恪先生及近代学人提供了丰富的史料，值得一读！

2010 年 11 月 13 日晚于苏州独墅湖

（本文作为《关于陈寅恪的两本书》一部分刊于《今日阅读》2014 年第 2 期，收录本书时略有修改）

科学与人文的交流
——兼谈竺可桢与陈寅恪的情谊

1959 年 5 月 7 日，C·P·斯诺在剑桥大学发表了之后引起广泛争论的著名演讲——《两种文化与科学革命》，在该演讲中，斯诺指出"文学知识分子是一极，而在另一极是科学家，其中最具代表性的是数学家和物理学家。在这两极之间是一条充满互不理解的鸿沟，有时（特别是在年轻人中）是敌意和不喜欢，但大多数是由于缺乏了解。他们互相对对方有偏见。他们的态度是如此的不同，以至于即使在情感层面也找不到共同之处。……"（［英］斯诺著；陈克艰，秦小虎译：《两种文化》，上海科学技术出版社，2003年1月，4页）

那么是不是真如斯诺所说的科学家与人文学者之间存在着巨大的鸿沟呢？著名文史学者张荣明教授在其新著《竺可桢与陈寅恪》（漓江出版社，2013年2月）一书中以竺可桢日记为依据，从中钩沉出身为地理学家、气象学家的竺可桢与史学家陈寅恪之间的种种交往，有力地驳斥了斯诺的观点。

恰同学少年

1984年2月24日的《复旦校刊》刊载了这样一则消息"本刊讯：最近，校史组在残存的我校一九〇八年、一九〇九年档案中，发现了已故著名学者陈寅恪和竺可桢当年在复旦的学习成绩记录。他们当时……都是十九岁，一同编在丁班。……陈寅恪是丁班第一名，考试成绩是94.2分，也是全校各班考试成绩的魁首；竺可桢是班上第四名，成绩为86.6分。"而据竺可桢日记中相关记载（见竺可桢日记1958年4月21日内容），竺、陈二人不仅同班，更是同桌，他们同班时间虽然不长，但是这段友谊却为二人终生珍视与呵护。

1949年，是中国知识分子面临艰难抉择的一年，当陈寅恪选择"栖身岭表"的时候竺可桢已任职北京。然而竺可桢每次到广州，只要条件允许都会前来探望，这在其日记中也有清楚的记载：

1955年5月25日"回途在中山大学码头登录……惜未见姜立夫与陈寅恪"；

1957年2月18日"至中山大学宿舍会晤陈寅恪及其夫人，系复旦同学，十余年未见，眼半盲，尚能认人。相询年龄，知我们两人和立夫均1890年生……"；

1958年4月21日"十点至河南中山大学钟楼对面晤陈寅恪……至楼下，杨秘书为我们拍一照。寅恪夫人说我们是五十年前在复旦同桌读书的人……"；

1962年2月14日"……我和刘力、吴副院长乃去看寅恪……虽目盲而谈笑风生……"；

1964年4月13日"四点至中山大学，至姜立夫和陈寅恪家中……"；

1966年3月20日"至中山大学陈寅恪处。他卧在床上，由他的太太招待，但陈寅恪仍健谈，我坐在床上与他谈一刻钟。……"。

从这几则日记不难看出，不仅竺可桢，陈寅恪对这段友谊也是极为珍视，并且将告诉了夫人唐篔女士，这也就有了他们在合照时，唐篔女士说出"我们是五十年前在复旦同桌读书的人"。此外尤其值得一提的是 1966 年 3 月 20 日的那次拜访（那次也是竺可桢与陈寅恪的最后一次会面），当时大环境已十分紧张，而陈寅恪先生也早已辞去教席，"避乱"于家（可参见陆键东《陈寅恪的最后二十年》相关内容），对于访客更是有着严格的"要求"，决不轻易见客，而竺可桢此次来访，陈寅恪先生居然还能与之"卧谈一刻钟"足见二人之厚谊。

竺可桢与陈寅恪深交原因略探

我们知道陈寅恪先生素来孤傲，和其同学者不在少数，然而并不是谁都能与其深交，细细观察，不禁发现竺可桢能与陈氏深交，是因为他不经意间符合了陈寅恪交友的若干"准则"。

陈寅恪出身于书香世家，祖父陈宝箴是清季政坛上的重要人物，早年曾协助曾国藩平定太平军之乱，其才华深为曾国藩赏识。洪杨之乱平定后不久陈宝箴开始任职地方，而其最为人称颂的便是在湖南巡抚任上力推维新，颁布施行了一系列措施，使得湖南风气为之大变。陈寅恪之父陈三立乃清末四公子之一，其诗亦执清末民初诗坛之牛耳，且陈家与曾家（曾国藩）等家族更是多代姻亲。陈寅恪本人虽然没有明确说过其对家世门风的看重，但从其史学研究中重视对历史人物家世的考察大概能窥得一斑，而与其深交者如傅斯年、俞大维，包括其夫人唐筼都算是"世家之后"。竺可桢祖辈、父辈虽不像陈寅恪祖父辈那么显赫，但是其祖上毕竟也是出过使程颐惊叹，让朱熹为之撰写形状的宋淮宁伯竺简的，从这点看，竺可桢也可算是"名门之后"。

"门风""世家"是陈寅恪比较看重的，但并不代表陈氏交友只注重这一点，与"门风""世家"相比，陈寅恪更看重的应该是对中国传统文化的承继与敬重程度。陈寅恪虽然留洋多年，但却是不折不扣的"守旧派"，目前已有的诸多关于陈氏的研究都可证实这点。竺可桢同样也是留洋多年，而且是学习理工科，但是这位理工科出身的洋博士却能将西方自然科学与东方传统文化完美地结合在一起，作为"自然科学家，他的文史修养，他对经史子集的娴熟及造诣在同行中可说是首屈一指"（张荣明《竺可桢与陈寅恪》，7 页），这从狂傲的守旧派代表黄侃（季刚）对竺可桢的称赞亦能说明一二。这其中尤其引起陈寅恪共鸣的或许是竺可桢对中国古代天文历法的浓厚兴趣，二十世纪二三十年代竺可桢于此领域内接连发表《论以岁差定〈尚书·尧典〉四仲中星之年代》等一批重要研究成果，而时在清华任教的陈寅恪的治学范围之一同样也有"年历学",陈氏肯定注意到了竺氏的这些成果,而竺可桢对于陈寅恪于史学及古代天文历法的研究肯定也是有所了解,正是基于这些因素才有了1943年12月18日竺可桢向陈寅恪请教《史记·天官书》干支起源问题,此次会谈陈寅恪除提供中国、法国、日本学界研究线索外,还和他讨论起历法中的"三正"问题;1962年2月14日,两人又讨论起"五星连珠"的问题。陈寅恪后来研究的重点虽转向"不古不今之学",然其对于古代历法的兴趣仍在,而竺可桢通过采用西方现代研究方法来研究中国古代天文地理,(以西法治国史,同样也是陈氏所采用的治史方法之一)并在该领域内取得一系列重要成就。古代天文地理应该是中国传统文化的重要组成部分,竺可桢能重视此领域并取得一系列的成就,这也许是赢得陈寅恪钦佩,并缔结深厚情谊的又一重要原因。

然而竺可桢与陈寅恪能够拥有一段数十年的深情厚谊的最重要的原因应该是他们有着共同的为人、为学的信条。1929年陈寅恪在其所撰的王国维纪念碑文中提出了著名的"独立之精神,自由之思想",而这也是陈氏一生最看重的东西。1953年当陈寅恪的爱徒汪篯自信满满地南下劝说自己的老师北上任职时,未曾想到被陈氏逐出师门,而此事也被认为诠释陈寅恪"独立之精神,自由之思想"最好的一例。竺可桢应该说也是有着类似思想之人,张荣明先生在《竺可桢与陈寅恪》一书中重点谈了1940年中研院院长选举一事，此事已广为人知，竺可桢在此事上亦很好地表现出了学者应具备的独立性。而竺可桢在浙大校长任上坚持科学精神，坚持学术自治，尤其是其提出的"求是"校训（竺可桢在阐释这一校训时第一点就是要求"不盲从，不附和"）与陈寅恪"独立之精神，自由之思想"有着异曲同工之妙，而这或许才是竺可桢与陈寅恪深交的最重要的原因吧！

2013 年 5 月 26 日于南大南园

（本文原以《竺可桢与陈寅恪的情谊》刊于《书屋》2014 年第 3 期，收录时有增改）

风谊平生五十秋
——读《吴宓与陈寅恪》

《吴宓与陈寅恪》一书知晓良久，第一次与之亲密接触是 2011 年 7 月 17 日下午，彼时正与肖鹏兄、体杨兄去游览广州沙面建筑群，途经华南师范大学时，发现该校正门对面有一家"翰风书店"，于是进店寻觅，在该店某层书柜上，发现了店家用塑料薄膜精心包裹的《吴宓与陈寅恪》，但要价较高，未曾买下，由粤返家后，颇后悔！

2013年2月的某一天，在浏览孔夫子旧书网时，又发现该书，且只需56元，于是果断拍下，打开邮局寄来的包裹后发现，该书原先的主人为其精心包了一层塑料书皮，想来也是一位爱书之人。粗粗浏览里面的内容发现，这位先生不仅是爱书之人，而且还有可能是一位学者，因为书中不少地方都做了详细的批注，尤其是在该书103页，该处内容是讲述吴宓与陈寅恪都认为钱锺书人才难得事，而旁边的注释是"提及钱锺书师'人才难得'"，此人竟是钱锺书先生的受业弟子，如果能考证出此人的身份，那也不失为一段佳话，可惜线索太少！此后一直未详细阅读该书，今夏去内蒙草原旅途中，于闲暇时读完此书。

《吴宓与陈寅恪》全书正文共分"在哈佛""《学衡》与清华国学院时期""从北平到蒙自""昆明时期及光复以后""最后的会面"五章，书后附有徐葆耕先生《文化的两难处境及其他——读〈吴宓与陈寅恪〉》一文，读毕颇有所感，遂决定写下几笔。

1919年1月底2月初，陈寅恪先生由欧洲赴美游学，经俞大维介绍，结识了时在美国哈佛大学学习的吴宓，在哈佛期间，陈吴二人就经常交流论学，从《红楼梦》到作诗之法，从古今东西盛衰兴亡之原因到治学之道，从印度文化与中国及希腊之关系到清人之词，正是这两年间（1921年6月吴宓学成回国）频繁的切磋交流，使得二人愈发地意识到彼此"志趣相投"，也正是1919年在哈佛的这次相识，开启了陈吴二位先生五十年的情谊。而在哈佛的这段时光，或许是两人相处最为愉快的一段辰光，因为在这期间，没有那么多世俗的羁绊，两位年轻学子的心思都可置于学业之上，无需为过多的尘事所累。

陈寅恪与吴宓两人治学方向虽有不同，然而对于中国传统文化本位的坚守之心却是一致的，这也可说是二人志趣相投之根本。1921年吴宓学成归国，任教于东南大学，于东大的三年之中，吴宓除认真授课之外，主要精力都放于《学衡》杂志的编辑之上，《学衡》的宗旨是"维护传统，慎择西学，昌明国粹，融化新知"。当时，中国大地上以陈独秀、胡适等人为主力倡的新文化运动正如火如荼地开展着，新文化运动一些主将提出的对于传统中国文化一律摒弃的偏激态度，使得吴宓、陈寅恪等坚持传统中国文化本位的学人感到了深深的忧虑，而《学衡》当时就充当了陈、吴等人对抗《新青年》、宣扬中国传统文化的重要阵地。对于吴宓先生主持《学衡》杂志，陈寅恪先生是非常支持的，除提供文稿之外，还常有经费捐赠。1927年6月2日，王国维先生自沉昆明湖，对于王氏自沉，当时众说纷纭，而陈寅恪认为"先生以一死见其独立自由之意志，非所论于一人之恩怨、一姓之兴亡"，并感叹道"敢将私谊哭斯人，文化神州丧一身"。而据吴宓先生当日日记所记"……若夫我辈素主持中国礼教，对于王先生之弃世、只有敬服哀悼已耳"，第二天即六月三日，吴宓又在日记中记到

"……然宓故愿以维持中国文化道德礼教之精神为己任者。今敢誓于王先生之灵，他年苟不能实行所志，而泯忍以没，或为中国文化道德礼教之敌所逼迫、义无苟全者，则必当效王先生之行事，从容就死，惟王先生实冥鉴之……"，这段话应该说是吴宓自己对于坚守中国文化本位之心最为直接的透露。王国维先生也是知道吴宓、陈寅恪先生是真正理解自己之人，故遗书中决定将书籍"托陈、吴二先生处理"。即使到了新中国成立之后，二位老人坚守中国文化之心也是从未改变，为此在历次运动中受尽了磨难，用陈寅恪先生 1950 年 9 月 18 日给吴宓先生的去信中的话说就是"吾辈之困苦，精神肉体两方面有加无已，自不待言矣"。

除却在中国文化上的坚守，吴宓与陈寅恪先生二人在平常生活中也是互相关心有加，尤其是吴宓先生对陈寅恪先生。1925 年吴宓返回清华主持筹建清华国学院，其中重要的一项工作就是延聘名师，对于陈寅恪的学问吴宓是清楚的，然而由于陈氏在外游学，只重知识不重学位，故虽在外十余年，却未得一博士、硕士学位，而当时国内不少人却是只看帽子不看学问，吴宓欲聘陈寅恪任教清华其中难度不是一般，其在 1925 年 4 月 27 日日记中也有"介绍陈来，费尽气力"之语。好在最终还是成功了，1926 年 7 月，陈寅恪正式抵达北京，任教清华国学院，迎来了其学术人生中的第一个高峰。1944 年 12 月 14 日，陈寅恪先生因眼疾住院治疗，吴宓先生几乎每日都会前往探视，吴宓先生 12 月 14—30 日的日记中除了 12 月 20 日、22 日、27 日、29 日没有记载外，其余都记录了去探望陈寅恪先生的过程，二人之间的情谊由此可见一斑。

读罢全书，觉得最为感人的应该是最后一章，两位文化老人"最后的会面"。1961 年 8 月 30 日，在阔别了十余年之后，两位老友终于相见了，对于此次会面，陈寅恪先生极其重视，从吴宓先生出发前即去信安排行车路线，对吴宓来粤后居住、膳食情况都做了周详的安排，并遣次女陈小彭、女婿林启汉、幼女陈美延亲赴车站迎候。在刚刚历经了"厚今薄古"运动之后，这次的相聚，两位老友无疑都是非常高兴的，吴宓在广州的数日两位老友得以像在哈佛、清华时期那样谈诗论学，然而天下无不散之宴席，相聚总是短暂的，临行分别时，陈寅恪先生说出了"暮年一晤非容易，应作生离死别看"。读到此句，不禁凄然，然此句竟一语成谶，1969 年陈寅恪先生在"文革"中含恨去世，吴宓先生也于 1978 年撒手人间，两位老友再未有过会晤，但愿文化神州系一身的二位老友在天堂能够再度聚首，纵谈古今，笑论人生！

2013 年 8 月 19 日于荆邑味斋

（本文作为《关于陈寅恪的两本书》一部分刊于《今日阅读》2014 年第 2 期，收录本书时有修改）

从这里走向神坛
——再读《陈寅恪的最后二十年》

2011年暑期曾作岭南之行，其间于7月11日，由好友肖鹏陪伴，拜谒陈寅恪先生故居。于广州期间，肖鹏兄知我平素喜收藏陈寅恪先生的各种传记作品，特赠送《陈寅恪的最后二十年》一册（北京三联书店，1995年12月），该书因一起笔墨官司而封禁，市场上已很难觅得，而孔夫子旧书网上不少书商也将此书炒到一二百元一本，限于财力，迟迟未购，肖鹏兄赠我此书，使我大为感激，此书也使得寒斋所藏陈寅恪先生传记作品更加全备。

从岭南归来后，花了两天时间便将该书读毕，读的过程中不禁数度落泪。2013年6月，北京三联书店隆重推出了陆键东先生《陈寅恪的最后二十年（修订本）》，得知此书讯后立即购买一册，欲一睹为快。然囿于俗事，直到甲午春节期间才得暇翻阅了此书，读完还是想发数言，以弥补2011年读毕该书初版后未撰一言之遗憾。

修订情况概述

通过对两书比较，发现陆先生所作的修订（除去个别语词及讹误的修改）大致有如下三个方面：

（一）增补插图。较之第一版，修订本增加了诸多插图，这些插图或是档案原件复印，或是新的照片，或是书中提到的诸多书画的原件，具有很高的史料价值。所增插图是：

（1）1956 年陈寅恪先生在中山大学填写的"个人简历"（p.13，下文如未说明，所注页码皆是指"修订本"中对应页码）；

（2）陈寅恪跋冼玉清《琅玕馆修史图》三首绝句图（其中第二首是对四五十年代盛行的"中国历史简编"类读物的讽刺，该诗因触犯时忌而尘封多年，p.48）；

（3）陈寅恪先生 1954 年《论再生缘》油印本图（p.74）；

（4）《元白诗笺证稿》线装本及 1944 年《隋唐制度渊源略论稿》初版书影（p.77—78）；

（5）1954 年院系调整后中山大学历史系教师照片（p.121）；

（6）陈寅恪先生 1956 年填写的"主要社会关系"表（p.138）；

（7）1956 年三联书店初版之《唐代政治史述论稿》书影（p.148）；

（8）1957 年 4 月 1 日陈寅恪夫妇及其他中大教职工与广州京剧团名伶合影照片（p.185）；

（9）陈寅恪先生 1962 年 7 月 5 日住院的病案卡记录（p.361）；

（10）1963 年 1 月陈寅恪先生出院前医院填写的

"诊断结果"（p.370）；

（11）向达转录陈寅恪赠诗原件（p.395）；

（12）1934年清华史学研究会成员照片（p.443）；

（13）1951年陈寅恪先生（唐篔代笔）填写的岭南大学"教授副教授学术论文著述及专门工作贡献调查表"（p.500）。

（二）增改正文。除了增加插图外，修订本还对第一版中正文诸多地方进行了增改，经比较大致有这么几处：

（1）《南迁》一章中增加了陈寅恪先生1949年离开北平的原因说明，即带大女儿陈流求离京以避免其卷学生运动中（p.5）；

（2）陈寅恪先生1949年前主要经历介绍（p.12）；

（3）第五章中涉及原中大副校长龙潜的，其姓名全都隐去，改以"副校长""中大副校长"等语，这一改动也是源于当年第一版问世之后本书作者及出版社与龙潜后人引发的一场官司；

（4）增加1957年5月19日陶铸探望陈寅恪先生事（p.198）；

（5）增加金应熙晚年情况（pp.246—247）；

（6）1963年康生阻挠陈寅恪先生《论再生缘》出版详情（pp.349—350）；

（7）增加1964年3月向达抵达广州后中大接待情况（p.392）；

（8）增加陈美延回忆父亲陈寅恪先生诗作不轻易示人事（p.400）；

（9）增补陈寅恪等学者于时代大变局之下仍从容治学内容（pp.403—404）；

（10）增加唐筼承受生存重荷事例一桩（p.419）；

（11）增加1966年"文革"前广州情况介绍（p.444）；

（12）增加陈寅恪先生晚年护士朱佩贞回忆内容（pp.454—456）；

（13）陈寅恪先生"不甘心"的新尝试解读（p.459）；

（14）增加陈寅恪先生逝世后香港《新晚报》报道详情（p.471）；

（15）增加对陈寅恪先生1951年所作《论韩愈》一文的解读（pp.504—505）。

（三）增加注释。作者对初版正文中涉及的一些典故、事件以及当年采访内容等于注释中进行补充说明。

从以上看，修订本较之初版体系、内容方面变动不是太大。

继《陈寅恪的最后二十年》之后
大陆地区出版的陈寅恪研究著作

《陈寅恪的最后二十年》一书1995年12月出版以后，掀起了一股"陈寅恪热"，该股热潮可以说是至今未退，截止到 2013 年仅就大陆地区出版的他人编撰的与陈寅恪有关的论著就有如下 48 种（不完全统计）：

1996 年

刘以焕：《国学大师陈寅恪》，重庆出版社，1996 年 2 月

吴定宇：《学人魂：陈寅恪传》，上海文艺出版社，1996 年 8 月

1997 年

蒋天枢：《陈寅恪先生编年事辑（增订本）》，上海古籍出版社，1997 年 6 月

王子舟：《陈寅恪读书生涯》，长江文艺出版社，1997 年 10 月

钱文忠编：《陈寅恪印象》，学林出版社，1997 年 12 月

汪荣祖：《陈寅恪评传》，百花洲文艺出版社，1997 年 12 月（2010 年再版）

1998 年

王永兴：《陈寅恪先生史学述略稿》，北京大学出版社，1998 年 2 月

胡迎建：《独上高楼·陈寅恪》，山东画报出版社，1998 年 10 月

1999 年

刘克敌：《陈寅恪与中国文化》，上海人民出版社，

1999 年 9 月

张杰，杨海丽选编：《追忆陈寅恪》，社会科学文献出版社，1999 年 9 月

张杰，杨海丽选编：《解析陈寅恪》，社会科学文献出版社，1999 年 9 月

2000 年

刘明华：《独立寒秋：陈寅恪的读书生活》，中原农民出版社，2000 年 9 月

胡守为主编：《陈寅恪与二十世纪中国学术》，浙江人民出版社，2000 年 12 月

2001 年

叶绍荣：《陈寅恪家世》，花城出版社，2001 年 4 月（2009 年中国文史出版社再版）

蔡振翔：《竹林名士与陈寅恪》，海峡文艺出版社，2001 年 7 月

刘以焕：《一代宗师陈寅恪——兼及陈氏一门》，重庆出版社，2001 年 12 月

2002 年

王子舟：《陈寅恪》，湖北人民出版社，2002 年 4 月

2004 年

蔡鸿生：《仰望陈寅恪》，中华书局，2004 年 1 月

2005 年

汪荣祖：《史家陈寅恪传》，北京大学出版社，2005

年3月

2006年

徐迅:《陈寅恪与柳如是》,北京古籍出版社,2006年4月

刘梦溪:《陈寅恪与红楼梦》,中央编译出版社,2006年5月

王川:《学界泰斗:陈寅恪》,广东人民出版社,2006年8月

刘克敌:《陈寅恪和他的同时代人》,文化艺术出版社,2006年9月

2007年

李清良:《熊十力陈寅恪钱锺书阐释思想研究》,中华书局,2007年4月

张求会:《陈寅恪的家族史》,广东教育出版社,2007年6月

2008年

胡文辉:《陈寅恪诗笺释》,广东人民出版社,2008年6月

(德)施奈德著,关山、李貌华译:《真理与历史:傅斯年、陈寅恪的史学思想与民族认同》,社会科学文献出版社,2008年6月

岳南:《陈寅恪与傅斯年》,陕西师大出版社,2008年6月

2009 年

候宏堂：《"新宋学"之建构——从陈寅恪、钱穆到余英时》，安徽教育出版社，2009 年 3 月

刘克敌：《陈寅恪与中国文化精神》，福建教育出版社，2009 年 5 月

田玉洪：《传灯千载业，立雪几人同：陈寅恪和他的弟子》，广东教育出版社，2009 年 8 月

刘晓东：《陈寅恪：一个教育学问题》，中国社会科学出版社，2009 年 9 月

2010 年

卞僧慧纂，卞学洛整理：《陈寅恪先生年谱长编（初稿）》，中华书局，2010 年 4 月

陈流求，陈小彭，陈美延：《也同欢乐也同愁——忆父亲陈寅恪母亲唐筼》，北京三联书店，2010 年 4 月

岳南：《陈寅恪与傅斯年（修订版）》，陕西师大出版社，2010 年 6 月

2011 年

马亮宽：《陈寅恪》，云南教育出版社，2011 年 1 月

刘正，黄鸣：《闲话陈寅恪》，百花文艺出版社，2011 年 4 月

王震邦：《独立与自由：陈寅恪论学》，2011 年 10 月

刘斌等：《寂寞陈寅恪》，华文出版社，2011 年 12 月

2012 年

韩浪:《夏天:我叩响陈寅恪先生故居的大门》,文化艺术出版社,2012 年 8 月

张求会:《陈寅恪丛考》,浙江大学出版社,2012 年 10 月

2013 年

刘经富:《陈寅恪家族稀见史料探微》,中华书局,2013 年 1 月

张荣明:《竺可桢与陈寅恪》,漓江出版社,2013 年 2 月

胡文辉:《陈寅恪诗笺释(增订本)》,广东人民出版社,2013 年 5 月

陆键东:《陈寅恪的最后二十年(修订本)》,北京三联书店,2013 年 6 月

陈怀宇:《在西方发现陈寅恪:中国近代人文学的东方学与西学背景》,北京师范大学出版社,2013 年 6 月

程巢父:《思想时代:陈寅恪、胡适及其他》,北京大学出版社,2013 年 7 月

余英时等:《陈寅恪研究:反思与展望》,九州出版社,2013 年 10 月

除了大陆地区,港台出版的研究陈寅恪先生的专书亦不在少数,大陆地区关于陈寅恪先生的专书大都是在《陈寅恪的最后二十年》之后出版的,除却专书外,涉及陈寅

恪先生的文章、图书数量就更为可观。而以上专书中虽不乏研究陈寅恪先生之精深之作，然亦有"借先生之名为今用"之作，但不管如何，这也反映了陈寅恪先生受追捧之程度。

陆键东先生通过《陈寅恪的最后二十年》一书，用他具有高度感染力的文笔向我们描述了一代学术巨擘晚年的生活经历，其间有喜有忧，有短暂的欢愉亦有长时间的苦痛。正是因为这本书，使得陈寅恪先生在逝世二十余年后重新走入各界的视野，也是因为这本书将陈寅恪先生从学界带到了亿万普通民众之中，掀起了一股"陈寅恪热"。此后关于陈寅恪先生的图书、文章层出不穷，陈先生也由一位普通的学人逐渐成为不可逾越的"史学之神"！

从陈寅恪先生兼谈民国学人的认识问题

《陈寅恪的最后二十年》如果作为一部文学作品，那是非常成功的，作者用其具有高度感染力的文笔将每一位读者带入书中，跟随其情感的变化而变化；然而如果将该书作为一部史学研究著作，那么是不成功的。熟知陈寅恪先生的人应该都知道有这样一件事，先生当年在指导学生作近代史的论文时，曾谈及自己缘何不选择近代史作为研究方向，据陈先生的说法是怕动感情，而史学研究最基本的要求就是冷静与客观，动情太深必然会影响研究结论。陆键东先生在《陈寅恪的最后二十年》这部书中就动了感情，而且动了很深的感情，从其撰写的文字就能看出其过于情绪化的渲染，光从这点看，这部书作为史学著作就存在瑕疵。

客观地说，陈寅恪先生当年相较于其他诸多学人的境遇而言，应该说算是"幸运"的。陶铸、冯乃超等不少地方、学校领导都对陈先生做了一定的保护，其生活上的待遇相较于其他许多学者也是好出不少。我们之所以会产生陈寅恪先生晚年受尽折磨这个先入为主的观念（陈先生当年的确受到了折磨），主要还是与本书出版的时间有关，本书初版出版于二十世纪九十年代中期，书中引用了大量的广东省及中山大学等单位馆藏的档案史料，这大大增强了本书的可信度（或许也就是这些内容影响了民众的看法），就当时而言，社会各界档案利用意识相对比较薄弱（与档案保管利用制度也有一定关系），但是随着后来相关档案的逐渐公开，以及其他学人传记、回忆录、日记等文献的陆续发布，我们发现较之陈寅恪先生，其他诸多学人在极左时期的遭遇更为悲惨，然而由于陆书较早地将陈寅恪先生的经历公诸于众，这很容易引起当时社会的共鸣，由此产生的"轰动效应"恐怕连作者自己都没想到。另一方面，九十年代中期正处于计划经济向市场经济转变的关键时期，商品经济的浪潮、东欧局势等诸多因素的影响使得社会风气丕变，"下海"成为当时整个社会的关键词，这也影响到了学界，学界这时很需要学术榜样的力量来鼓励、激发学者的研究热情，陈寅恪先生的再度出现很好地扮演了这样的一个角色。然而万万没有想到的是，向陈寅恪先生学习的过程却也是将其推向神坛的一个过程，如果陈寅恪先生还在世的话不知对此有何看法？

当下，学界同样出现了对于民国及民国时期学人过分崇拜的现象，一夜之间好像只要是民国的就是好的，这固然与现实的一些原因有关，然长此以往其后果也是不堪设想。就学术而言，不容否认，民国时期学者对于中国各个学术领域的开创之功是不可磨灭的，然囿于时代及其他各种条件，他们所取得成绩也并不是不可超越或必须视为圭臬的，每个时代都有每个时代的特点，我们这个时代所取得的成就其实并不比民国时期的差。因此，对待民国以及对待陈寅恪先生在内的诸多民国学人，我们还是得以一种客观、冷静的心态与眼光去对待，而这不正符合陈寅恪先生"独立之精神、自由之思想"的精蕴吗！

2014 年 2 月 5 日草于荆邑味斋

陈宝箴对陈寅恪的影响事例一则

1929 年 6 月 3 日，为王国维自沉二周年之际，国立清华大学研究院师生特树纪念碑一座，以示纪念，并特请陈寅恪选书撰写碑文，谓：

士之读书治学，盖将以脱心志于俗谛之桎梏，真理因得以发扬。思想而不自由，毋宁死耳。斯古今仁圣所同殉之精义，夫岂庸鄙之敢望？先生以一死见其独立自由之意志，非所论于一人之恩怨，一姓之兴亡。呜呼！树兹石于讲舍，系哀思而不忘。表哲人之奇节，诉真宰之茫茫。来世不可知者也。先生之著述，或有时而不章；先生之学说，或有时而可商。惟此独立之精神，自由之思想，历千万祀，与天壤而同久，共三光而永光。

这便是著名的《清华大学王观堂先生纪念碑铭》，后世学者凡研究陈寅恪、王国维者，这基本是必引的一则材料。然而，对于这段文字的解读，学者多着眼于"独立之精神，自由之思想"，当然这也确实是该段碑铭主旨，然而对于这段碑铭的风格（style）未曾作过多关注。近来读书，发现陈寅恪这段碑铭的背后似乎还有乃祖陈宝箴的"影子"。1899 年，戊戌政变后，陈宝箴归隐南昌，其间曾手书一扇面，示孙陈隆恪，内容为教其读书为人之道，谓：

读书当先正志。志在学为圣贤，则凡所读之书，圣贤言语便当奉为师法，立身行事俱要依他做法，务求言行无愧为圣贤之徒。经史中所载古人事迹，善者可以为法，恶者可以为戒，勿徒口头读过。立如此志，久暂不移，胸中便有一定趋向，如路者之有指南针，不致误入旁径，虽未遽是圣贤，亦不失为坦荡之君子矣。君子之心公，由亲亲而仁民，仁民而爱物，皆吾学中所应有之事。故隐居求志则积德累行，行义达道则致君泽民，志定则然也。小人之心私，自私自利，虽父母兄弟有不顾，况民、物乎？此则亦痛戒也。四觉老人书示隆恪。

比较上述两段文字，发现这两段文字的功用都是阐述作者对于读书、治学、为人之理解，不管是陈宝箴育示幼孙读书做人，还是陈寅恪谈士人读书治学，首先强调的都是心志，不过陈寅恪在继承陈宝箴"正志"的基础上更强调要"脱心志于俗谛之桎梏"，要"精神独立、思想自由"，这显然也是陈寅恪在欧美求学十余载所受影响之体现。

　　陈寅恪出身世家，幼承庭训，博闻强识，对于乃祖、乃父也甚为推崇，当1929年清华国学院师生邀请其撰写王国维先生纪念碑碑铭时，自然会联想到乃祖1899年撰写的这段"示孙短文"，陈寅恪或许也有意模仿，所以在文体、谋篇布局上与乃祖之文颇为相近，这其实也反映了陈宝箴对陈寅恪的影响。

　　　　　　　　　2016年3月1日于仙林喧庐

　　（该文原以《陈宝箴对陈寅恪的影响一例》刊发于《山东文学》2016年9月刊（下），收录略有删改）

六十年的苏州感悟

——《苏州人》读后

（一）

2014年4月江苏省作协主席范小青女史《苏州人》一书正式由南京大学出版社出版，该书也是南京大学出版社策划的"城市人"书系之一种（此前该社已出版有叶兆言《南京人》、方方《武汉人》、程维《南昌人》、肖复兴《北京人》等）。范小青女史虽然祖籍南通，但从小在苏州长大，已经是不折不扣的苏州人了！《苏州人》一书便是范女史撰写的有关苏州的文章的结集，可以说这部书也是她六十年对苏州感悟的一次阶段汇总。

《苏州人》全书分"巷陌寻常""小城故事""百姓人家""吴风越韵""流觞曲水"五辑，共收文章84篇。其中，"巷陌寻常"收文19篇，集中反映了作者对苏州的人、苏州的物（园林、水、桥、老街等）的感悟；"小城故事"收文8篇，通过一些发生在苏州的故事的叙述来反映苏州近几十年的沧桑变迁；"百姓人家"收文17篇，讲述了作者自身在苏州生活期间日常经历；"吴风越韵"收文14篇，通过对苏州人日常的饮食、待人接客等的描写来阐释苏州的一些文化；"流觞曲水"收文26篇，主要是作者到苏州周围如甪直、周庄、震泽等地的屐痕心路记录。

（二）

"上有天堂、下有苏杭"这句流行了数百年的"广告语"，让苏州以外的人对苏州产生了无限的向往，同时，也在无形之中造就了苏州人"以苏州为荣、以苏州为耀"的特点，这在范小青女史的笔下同样也是展露无疑。例如，当谈到苏州读书风气之盛时，范女史情不自禁地写出了"苏州人呢，还比较尊敬老师，还重视家庭教育和读书的风气，总的来说，苏州是块读书的地方，苏州不出这么多的状元，难道叫别的地方出？"当讲到苏州一些古朴的地名外地人都比较陌生，如"葑门"的"葑"字时，范女史又写下了如下一段话"这个葑字是什么意思呢，如果他们有心去了解一下，就增长了知识和见识，就多了一些学问、就有了一份美好的想象相随相伴。这倒让我们苏州人，让苏州的葑门有了一点骄傲，我们的一座古城门，我们城里的某一个算不上繁华热闹的角落，给人们带来了意想不到的收获"，自豪之情溢于言表，以至于她由衷地发出了如是感慨："感悟着苏州，我们为自己生于斯、长于斯而庆幸！"

苏州的确值得每一个苏州人发出如上的感慨，对于苏州如今取得的巨大成就，大家也是有目共睹。不过苏州不是靠一夜之间富起来的，也不是在一夜之间变成天堂的，在这些成就的背后，是一代又一代苏州人不停追求、不停奋斗的结果，这期间有过多少艰辛、多少困惑、多少无奈，恐怕也只有苏州人自己知道，但是透过《苏州人》中的诸多篇章，也让外人对个中滋味有了些许体味。《苏州旧石》里老人对于破败旧宅的坚守，但始终抵挡不住推土机"前进"的齿轮；《苏州古建筑场景》中下岗工人的颓废、知识分子贩卖小商品的无奈；《九十年代初的苏州街景》里绸布绣品的滞销、农村的迷茫；《思想的湖》中太湖及周边生态的破坏……经济发展、城市化进程同样给苏州这座古老的城市带来了巨大的创痛，好在当苏州发展起来之后，苏州人又很快意识到了传统的重要，开始保护旧宅，治理太湖，苏州人努力把苏州建设得更像从前的样子，而这或许与苏州人喜欢怀旧的性格有关。

（三）

央视《东方时空》栏目有一句非常有名的宣传语——讲述咱老百姓自己的故事，《苏州人》也是一本典型的"讲述咱苏州人自己的故事"书。书中，范小青女史或是讲述自己了解到的发生在苏州的一个个故事，或是自己切身的经历，通过这样一个个的故事，带我们看苏州、说苏州、品苏州。纵然范女史笔下的苏州有多么美好，但最好的感悟苏州的方式还是亲自来走一遭：去苏州各大园林感受一下苏式园林的幽僻静雅、精巧恬淡；在一个将雨未雨的辰光，穿一双平跟软底鞋，带上雨伞，走一走苏州的平江路，感受一下幽居于喧嚣闹市中的平淡，走累了，就找一家沿河茶馆坐下，点一杯清茶，静静地听一曲苏州评弹；抑或是约上三五好友，到苏州周边的水乡小镇，坐一坐农家小船，行走于河港水汊之间，用手拨动一下船下流淌千年的对苏州有着特殊意义的河水，听船娘唱一曲吴语小调。也许在这些时候，你也感觉自己是一个苏州人了！

2014 年 6 月 20 日于南大鼓楼校区图书馆

（原载于《苏州杂志》2014 年第 4 期）

何以解忧　唯有读书
——《末法时代的声与光：学者张晖别传》读后

（一）

2013 年 3 月 15 日下午 4 点 26 分，北京大学人民医院，一位古典文学研究领域的学者因突发急性白血病和脑出血，溘然长逝，追悼会于 3 月 19 日举行，参加追悼会的除中国社会科学院、北京大学、南京大学等单位的相关学者之外，还有来自香港及台湾的许多著名学者。3 月 20 日《新京报》对这位学者的逝世进行了报道，此后《现代快报》《扬子晚报》《南方都市报》《中华读书报》《文化报》《中国社会科学报》等报刊及相关网络媒体或报道这位学者逝世的消息，或刊登师友的回忆文章。除此之外中山大学、清华大学、台湾师范大学、费城亚洲学年会等单位还组织了专门的纪念活动。究竟是哪位学者竟有如此大的影响力？不清楚的人看到上述文字可能首先想到的这位学者应该是一位老先生！然而让人意想不到的是，这位学者刚过而立之年，他就是——张晖！一位去世时年仅 36 岁的年轻学人！

对于张晖的逝世，学界无不扼腕：台湾"中央研究院"严志雄先生得知讣闻后欲几度落泪；南京大学张伯伟先生发出了"天丧予斯文！天丧予！少游已矣，虽万人何赎！"的感慨；香港科技大学陈建华教授在悲愤与无奈之余拟了这样一副挽联"出诗入史，才无可量；以白送黑，情何以堪"……张晖的离去的确值得学界扼腕，因为他实在太年轻了——36 岁，对于人文学者而言，这只是刚起步的一个年龄；但是，他虽然只存在了 36 年，却达到了同侪难以企及的学术高度，在当下这个浮躁的社会环境中，他是一位纯粹的学者，是一粒真正的读书种子！如果上苍再让他多享寿二十年、甚至只是十年，他必将成为中国古典文学研究领域的一大翘楚。

张晖逝世之前已出版学术著作五本（《龙榆生先生年谱》《诗史》《清词的传承与开拓》《中国"诗史"传统》《无声无光集》），编辑点校著作四种，另外有几部书稿差不多也已杀青。在这些成果中，不得不提的是《龙榆生先生年谱》（学林出版社，2001 年），这既是张晖的第一部专著，也是他的成名作，之所以提这部书，是因为张晖完成这部书时尚是南京大学一位大三的学生！ 1999 年三四月间，当学界耆宿吴小如先生收到张晖《龙榆生先生年谱》初稿的打印本时，不禁惊诧："以这部《年谱》的功力而言，我看即此日其他名牌大学的博士论文也未必能达到这个水平。甚至有些但务空谈、不求实学的所谓中年学者也写不出来，因为当前中、青年人很少能耐得住这种枯燥和寂寞，坐得住冷板凳。我为南京大学出了这样的人材而感到由衷骄傲和庆幸。"（见吴小如《龙榆生先生年谱》序）张晖在有限的生命中之所以取得如此大的成就，与他的矻矻不倦是分不开的！

（二）

1977 年 11 月 14 日，张晖出生于上海崇明的一个普通家庭，15 岁在崇明新民中学读初中时受英语老师俞成影响，始志于学，1992 年免试入上海崇明中学。在崇明中学就读期间，张晖已开始广泛涉猎红学、词学等相关书籍。二十世纪九十年代初期，图书资源并不像现在这么丰富，张晖虽然也会购买一些书籍，但是当时读书主要还是借助于图书馆。张晖好友维舟先生对于张晖和他在崇明中学读书期间的生活有这样的回忆：

与此同时，从高一下半学期开始，他沉迷于《红楼梦》，为此极力搜罗红学著作；对钱锺书《谈艺录》和《管锥编》的研读大略也始于此时。要得到这些书不容易，因而两人经常去学校图书馆，不方便借的时候就抄书；同时从杂志上了解动态及应该阅读什么书（主要是《文学遗产》和《古典文学知识》）。

（维舟《平生风义兼师友》，见张霖编《末法时代的声与光：学者张晖别传》，上海古籍出版社，2014年，97—98页）

刚上高一不久，张晖还开始对故乡崇明的乡邦文献发生兴趣（这个兴趣他终生未减），他当时除了在图书馆借抄红学、钱学文献之外，还时常翻阅《崇明县志》，这对于一个高一学生来说确实难能可贵！到了高二、高三，当别的同学都在为高考奋斗时，张晖依旧贪婪地阅读大量课外书籍，好在到了张晖高三时，崇明中学图书馆逐渐对外开架，这对于爱读书的张晖来说无疑是一个非常好的消息，而他去学校图书馆及崇明县图书馆的次数也就更为频繁了，尤其是这一时期在图书馆中接触到的有关南明史的图书，奠定了张晖日后的一个重要研究方向。对于这一时期去图书馆看书情况，维舟先生记录道：

到高三时，随着校图书室开架及周末去县图书馆越来越多，我们又陆续发现了许多南明史的书，从司徒琳、顾诚各自撰述的《南明史》、柳亚子编次的《南明史纲》、到《永历实录》《先王实录校注》。其中最打动我们的是陈寅恪先生的《柳如是别传》。

（维舟《平生风义兼师友》，见张霖编《末法时代的声与光：学者张晖别传》，上海古籍出版社，2014年，大量阅读课外书，并未影响到张晖的学习，他把这当成是一种换脑休息活动，最终张晖成为 1995 年南京大学中文系在上海录取的三位学生之一。

（三）

张晖进入南大中文系伊始，适逢南京大学着手进行文科基础学科人才培养模式及教学内容和课程体系改革——以重点学科为依托，成立文科强化班，贯通文史哲，努力拓宽强化学生的知识面、科研意识和创造能力。强化班学生从中文、历史、哲学三系的 1995 级学生中挑选，张晖也顺利地进入了强化班。当时强化班采用文史哲打通方式来教授，师资可谓集南大文科之盛：程千帆、卞孝萱、周勋初、张宏生、张伯伟、莫砺锋、胡阿祥、范金民、徐小跃、洪修平等名教授都亲临授课，优良的师资，奠定了张晖学术的根基。当然，张晖能在南大读本科期间就崭露头角，除了优良的师资外，更重要的还是靠他自身的努力。张晖的努力在老师和同学眼中也是有目共睹：他的硕士导师张宏生教授这样回忆"他那时已经开始对龙榆生进行研究，经常出入各图书馆，广泛搜集文献""三年的时间一晃而过，他仍然一如既往地刻苦努力，整天泡在图书馆里，扎扎实实地搜集材料"（张宏生，《斯人虽去，声光永存》，见张霖编《末法时代的声与光：学者张晖别传》，上海古籍出版社，2014年，146—147页）；在他同宿舍同学倪小龙的记忆中"老Q（张晖绰号）性格一般很冷静，讲起学术来却很兴奋。以至于一路聊回宿舍，很晚了他还会上图书馆看资料"（倪小龙《我们的老Q》，见张霖编《末法时代的声与光：学者张晖别传》，上海古籍出版社，2014年，186页）。张晖逝世后，他的妻子张霖女士为他编了一本《末法时代的声与光：学者张晖别传》（上海古籍出版社，2014年3月），书中收录了张晖1999年5月至2002年7月在南大攻读硕士时的部分求学日记，日记虽然不全，却真实地反映了年轻张晖求学阶段的读书、思考情况，其中就有不少与图书馆有关的记录。仅选择收录的1999年5月的7篇日记来看，当时张晖已经获得免试读研究生的资格，对于很多人来说，应该会好好放松一下，但是张晖没有，在这7篇日记中，就有4篇提到了图书馆（见该书13—15页）：

5月10日：上午去借还书。有刘起釪《顾颉刚先生学述》一种，谓顾氏年轻时一味尚博，后始专精。悟顾氏一生治史学、文学，涉及极广；……可见治学不在有多博和多专，贵在有所发明创造。……

5月11日：……今日中午坐阅览室读《四库全书总目》，觉汉武帝的文学形象可着手收集材料研究。

5月12日：晨去图书馆借书，捧回一大堆。马上翻完了法国凯菲莱克《黑色诱惑》、东乃斌《陋室之鸣》等，明白我之治学可着重两点：一为历史的研究，即撰写年谱，考订史料等工作，亦文献的工作；二是文本的研究，这需要我不断地学习西方文论。

5月14日：……午后打牌，去借书。近来读书颇疯狂，每日毕数种。……

仅从这区区四篇日记来看，不难发现，张晖去图书馆之勤，读书之勤，尤其难能可贵的是，他能根据所读的内容有所思考。而从这四篇日记的行文来看，也确实感觉不像一位大四学生所写的日记，不过这就是张晖！

（四）

2006年1月张晖从香港科技大学博士毕业后来到北京，入职中国社会科学院文学研究所，当时张晖本来是要去中国人民大学工作的，但是因缘际会让他进入了社科院文学研究所，而当时让张晖决定入职文学所除了社科院文学所学术氛围之外的一个重要原因就是文学所图书室丰富的藏书，据张晖硕士导师张宏生教授讲述：

我的师弟蒋寅是文学所古代室的主任，他非常欣赏张晖。有一天，他带张晖参观文学所，特别是参观文学所的图书资料室。面对那丰富的藏书（许多都是珍本），以及便利的阅读条件，还有不需坐班的制度，张晖怦然心动，几乎是立刻决定申请到文学所工作。

（张宏生《斯人虽去，声光永存》，见张霖编《末法时代的声与光：学者张晖别传》，上海古籍出版社，2014年，149页）

由此，可见张晖对于书的热爱。张晖的书桌前挂有一幅条幅，上书"何以解忧 唯有读书"八字，这可以说是张晖的真实写照，书在张晖短暂的三十六载生命中扮演了无可替代的重要作用。妻子张霖在张晖去世不久后撰写了回忆与张晖相知相伴一十八年的组诗——《十八春》，在诗中，张霖多次使用"图书馆"这一意象，如"我始终不知道 / 你怎样认出我来的 / 是从微辣的故纸尘封中吗？ / 是从隐秘的书架背后吗？ / 是从上万条的图书目录中吗？""你独自坐在一座巨大的图书馆里 / 仿佛国王 /……你独自坐在一座巨大的图书馆里 / 仿佛孤儿"……张霖是懂张晖的，他知道图书馆、书在张晖生命中的地位，她知道离开了图书馆、离开了书的世界对张晖来说肯定是"无声无光"的！

2014 年 7 月 9 日于荆邑味斋

瑟瑟秋风中的缕缕温情
——《京都古书店风景》读后

　　2015 年 8 月，客居京都的作家苏枕书女史撰写的《京都古书店风景》一书由中华书局出版，透过书中文字，我们不仅能体验京都及京都古旧书业的厚重历史，而且还感受到文字背后那浓浓的情意。京都是日本图书业的滥觞之地，曾长时间占据日本图书出版中心的位置，然而随着国都迁至东京，京都书业中心地位日趋衰退。不过，好在得益于京都大学的发展，京都的古旧书店仍然出现过短暂的繁荣。21 世纪，伴随着网络技术的发展，日本实体书店同样受到了非常大的冲击，京都地区的不少书店也宛如秋风中的黄叶，甚是萧瑟。然而，即使如此，从《京都古书店风景》书中我们还是能感受到这些旧书店骨子里的那缕缕温情。

　　"情"可以说是贯穿《京都古书店风景》的主线。

　　首先是亲情。京都不少古书店都历史悠久，如创业于江户时期，拥有两百六十余年历史的竹苞楼；传承六代的藤井文政堂；百余岁"高龄"的汇文堂、临川书店等。这些书店的延续大多靠的是子承父业（也有少部分女婿承岳丈的事业），这种承继的背后，体现出的是一种亲情血缘的力量、一种对家族的责任感。很多后代虽然不喜欢图书业，但是出于亲情的召唤还是承担起经营书店的责任，如竹苞楼店主（第七代）的儿子、孙子都已经确定要继承家业等。曾几何时，我们北京的琉璃厂也有很多经营数代的古玩店或书店，然而伴随着"五四"以来对家族、宗法血缘的破坏，中国传统社会中以"家"为核心的亲情、宗法、血缘受到了极大的挑战，虽然旧书店无以为继有很多原因，然而传统社会结构的变迁无疑是一个重要诱因。日本社会因传统社会结构未遭到像中国这般巨大的破坏，所以很多老店得以承继延续，其中就包括京都的这些旧书店。

其次是书情，即对书的热爱、敬畏之情。《京都古书店风景》书中除了"亲情"外，我们还能感受到京都旧书业从业人员对于书的那种热爱、敬畏之情。不少书店的创始人都曾在大学深造，大学毕业后，原本可以选择别的领域，然而出于对书的热爱，这些人选择了相对清贫的图书业，而且一做就是数十年。这些创业者的后人，有些虽然只是出于"亲情"，出于家族的责任感才继承父辈的事业，但是他们一旦继承了书店后，每天也是兢兢业业，细心呵护着这些图书，除尘、倒架、擦拭书架、为每一本书贴上自己书店独一无二的标签，这些看似普通的举动却是浓浓书情的最好体现。而最能反映京都书店书情的则是每年10月末11月初的古本祭，其间会举行专门的古本供养活动。古本供养活动通常在书市头一日上午9点开始，届时古书研究会的店主们将平日未卖出去或长久束之高阁的书供奉到寺庙大殿的佛前，众人在寺庙长老的主持下，从左向右，拨数念珠，以示敬意。

再次是人情。所谓的人情，主要体现在京都古书店从业者对于读者的关爱、敬重之情。不管是内藤虎次郎、吉川幸次郎等京都大学著名学者，还是普通学生，京都旧书店从业人员都表示出了敬重与关爱。如一家书店快要打烊时，一位读者正好走了进来，此时书店主人不仅延迟了关门时间，而且在读者看书时丝毫没有催促的意思，一直等到那位读者离开，店主才关闭店门回家。又如，当不少书店店主得知本书作者是学生时，不仅主动降低书价，有时还会叮嘱上一句："要好好读书哦!"；再如，当发现客人购买的书比较多时，店主会主动提出帮客人送货上门……这类事例，在《京都古书店风景》书中比比皆是。这些举动，反映的是店主与客人之间彼此的信任、关爱，展现了一种人性的温暖，同时这些举动也使得书店除了商品、盈利等世俗的标签外，更增添了几许人文的情怀!

曾经，京都古旧书店拥有的这些"情"，我们北京的琉璃厂、隆福寺，上海福州路上的书店也都具备，但如今却很难再感受到这些"情"了！行文至此，不禁想起了董桥先生那段著名的文字："书店再小还是书店，是网络时代的一座风雨长亭，凝望疲敝的人文古道，难舍劫后的万卷斜阳！"

2016 年 1 月 20 日初稿于荆邑味斋

近代湖南的别样阐释

——《湖南人与现代中国》读后

近日阅读美国裴士锋博士（Stephen R. Platt）的《湖南人与现代中国》（*Provincial Patriots: The Hunanese and Modern China*）一书，该书为裴士锋在耶鲁大学攻读中国史方向的博士论文，英文版由哈佛大学出版社于 2007 年出版，中文简体字版由北京社会科学文献出版社 2015 年 11 月出版，译者为黄中宪。裴士锋近年所著的研究太平天国史的《天国之秋》一书在中国出版后，评价颇佳，故出版社迅速引进其《湖南人与现代中国》一书的版权，其实，《湖南人与现代中国》是裴士锋的第一部学术著作，成书时间远早于《天国之秋》。

这本《湖南人与现代中国》以一种全新的视角研究湖南近代的历史，读完颇有所感，遂写下几笔。

鸦片战争以降，中国迎来了"三千年未有之大变局"，在这个变局中，既有仍然做着"天朝上国"美梦的顽固守旧之士，也有"开眼看世界"强调"师夷长技以制夷""中学为体、西学为用"的有识之士，更有强调全盘西化的激进之士，这些形形色色的人和事构成了一部丰富多彩的中国近代历史。对于中国近代历史的研究，不管是国内还是国外，"人"始终占据非常重要的地位，上到帝王将相，下至小农工商，一直都是学者关注的焦点。裴士锋在研究中国近代历史过程中，发现了一个特殊的但未被学界足够重视的群体——湖南人，以及这些湖南人所蕴含的共同思想元素。

在中国历史长河中，湖南产生的名将、重臣、硕儒不在少数，然而史学研究人员却很少将这些湖南人联系在一起并放在一个大的时空背景中观察，而是着眼于郭嵩焘、曾国藩、毛泽东等个体的研究，由此造成对湖南人"盲人摸象"的错觉。而对湖南的认识，更是在相当长的一段时间内，停留在"闭塞落后"的桎梏中，即使在 20 世纪 40 年代，外界这种认识仍然比较普遍，如钱基博在《近百年湖南学风》中，就直陈："湖南之为省，北阻大江，南薄五岭，西接黔蜀，群苗所萃，盖四塞之国。其地水少而山多，重山叠岭，滩河峻激，而舟车不易为交通。顽石赭土，地质刚坚，而民性多流于倔强。以故风气锢塞，常不为中原人文所沾被。抑亦风气自创，能别于中原人物以独立。"然而，裴士锋在《湖南人与现代中国》一书中通过对近代湖南人的梳理，表明湖南人并不闭塞，虽然包括毛泽东在内的不少湖南人确实有着浓厚的"家乡"情怀，曾为湖南自治而奋斗，但是他们胸中除湖南之外，更装着"国家"，装着"天下"。历史也充分表明，这些装着"国家""天下"的湖南人的"斗争"对中国近代历史走向产生了重要的影响！

裴士锋的《湖南人与现代中国》一书，最能表现"发他人未发之处"的就是对王夫之思想对后世湖南人影响的研究。作者通过探讨曾国藩、郭嵩焘、谭嗣同、黄兴、陈天华、杨昌济、毛泽东等人的思想，发现这些人的思想或多或少都含有王夫之思想的影子。王夫之那种反抗、斗争的精神，那种民族主义的情结，对后世湖南的改革、湖南人的抗争产生了重要的影响。通过裴士锋的梳理，可以说一部湖南近代史，也是一部王夫之思想的接受史或者说王夫之学说的诠释史。这一视角，为我们研究近代湖南，乃至近代中国提供了重要的借鉴意义，而这也是本书的核心价值所在。

此外，值得一提的是，《湖南人与现代中国》一书，文字简洁流畅，可读性非常强，颇具史景迁（Jonathan D. Spence）风范，当然这也离不开译者黄中宪先生的功劳。反观当下中国的史学研究著作，史料冗繁，文字枯燥、诘屈聱牙，令读者望而却步，史学著作与普罗大众的距离也是越来越远。回顾历史，司马迁《史记》等"严肃""正统"的史学著作，文字不但优美且具备可读性，某种程度上可以说，"故事"风格是中国传统史学著作的重要传统，不过这种传统似乎离我们越来越远！

读完全书，有一个问题一直萦绕在脑中，结合本书的英文标题及全书叙述范围来看，似乎以《湖南人与近代中国》为题更为妥当，当然书中也隐含着讲述中国"现代性"的内容，亦《湖南人与现代中国》为题也是有道理的，当然，对于这个问题还是得读完英文原著才能解决！

2016 年 3 月 4 日晚于仙林喧庐

（原以"《湖南人与现代中国》"为题刊于《书林驿》2017 年第 2 期）

旧书多情
——读林文月《写我的书》有感

明代于谦《观书》一诗首联有云："书卷多情似故人，晨昏忧乐每相亲"，如果仔细品味于谦这首诗，就会发现他所说的"书卷"其实是指那些"旧书"，而非刚刚获得的新书，所以说，这首诗确切地应该是"旧书多情似故人"。很多人之所以喜欢旧书，正是因为旧书多"情"，每一本旧书都承载着过往的记忆，每当翻阅某本旧书时，以往有关之人、之事便会浮现于脑海：该书是如何获得的，自己购买或他人相送？抑或是借了忘还？而要是看到书中自己做的某些批注时，心情更是五味杂陈："原来我当初读到这句话是有这样的想法啊！""我当初怎么会写下这几句批注的？"……或喜或疑，或忧或伤，或激荡或平静，这些都是旧书蕴含的"情"。

近日阅读台湾林文月先生的《写我的书》，其文字间流露出的脉脉温情，着实让人感动。林文月先生选取了书房中或被"束之高阁",或被"藏于底柜"但又不经意出现在眼前的《庄子》《变态刑罚史》《景宋本三谢诗》《文学杂志合订本》《源氏物语》《日本书纪古训考证》《论语》《奈都夫人诗全集》《巴巴拉吉》《*The poetry of T'ao Ch'ien*》《郭豫伦画集》《*Lien Heng(1878—1936): Taiwan's Search for Identity and Tradition*》《陈独秀自传稿》《清昼堂诗集》等十四种书刊,用文字记录了与这些书刊相遇的姻缘,以及书刊背后蕴藏的对某些人和事的记忆。如《庄子》一书就让读者感受到了作者对外祖父、母亲及幼时生活的回忆;《文学杂志合订本》中不仅可以看到夏济安的羞涩,更能感受到林文月先生自己青涩而又美好的学生时光;《论语》一书的背后承载的则是林文月先生对日本学者平冈武夫不趋时利、严谨治学的赞赏,以及对每日午后与平冈先生饮茶短叙时所流露出的那种温馨的美好回忆;《郭豫伦画集》则可以看出郭豫伦先生对于艺术的执着与追求,其背后则是郭豫伦、林文月夫妇二人的鹣鲽情深;而《陈独秀自传稿》更是反映了陈独秀、台静农、林文月三代学人之间的信任及学术文化赓续。除了人,这些书还勾起了林文月先生对旧时台湾、美国、京都等地回忆。确实,用林文月先生自己的话说:"书,不但其本身有鲜活的生命,并且与我自己的生命如此密切地关涉着。"

每本书都是有生命的,而旧书尤为多情,读完《写我的书》，心头不禁涌起一股念想，我也想去写写我书架上的那些旧书。

2017 年 2 月 18 日于仙林喧庐

隐忍与坚毅

——《抗战老兵口述历史》读后

　　前不久，看了两档电视节目：第一档是中央电视台的一个寻亲节目，讲述的是一位美籍华人女士寻找其二叔的故事。这位女士二叔曾就读西南联大，抗战军兴，在政府号召青年从军时，这位二叔毅然决然投笔从戎，报名参军，成为了一名空军士兵。但惋惜的是，这位二叔在美国训练期间，不幸逝世，埋骨异国，但家人一直不知其最终栖身之所，因此，寻找二叔就成为这位女士所在家族的一项重要使命。通过多年的努力，这位女士终于在美国的一处墓园发现了包括其二叔在内的数十位在美牺牲的中国飞行员墓地，而这些飞行员的平均年龄都只有二十余岁，更令人叹息的是，墓园中大部分殉难者的家属都不知道这些英雄的埋骨之所。鉴于此，这位女士找到了央视，希望通过这档节目，让国人了解到这些曾经的国之栋梁（当时报名参加空军的基本都是在校大学生）在国家需要时是如何决绝地离开书桌，走向战场；同时也希望这档节目，找到这些年轻英雄的家人。这档节目播出时，节目组只为这位女士找到了一位英雄后人。看到这么多常年埋骨他乡无人问津的英灵，不禁凄然！

第二档节目是上海东方卫视的一个家居改造节目，那一期的主人公是一位93岁高龄的河南抗战老兵，这位老兵晚年的一个愿望就是找寻当年的战友，重走一次当年的战场。节目组为了实现老人的心愿，一路陪伴老人重走抗战路。在老人外出的15天过程中，节目组找来有关设计师、施工队，将这位老兵居住的一个破败的老屋重新设计改造，经过多方的努力，设计师团队成功地利用15天时间对这位老兵的旧居实现了改造。这档节目令人感叹的除了老兵的这种精神外，更值得思考的是一位曾经为国家扛过枪、洒过血的老人在相当长的一段时间内居住在一个破败、阴暗、极其简陋的土房中，这到底是为什么？记得当时电视闪过一个镜头：在破败的屋内桌案上，放着一个相框，相框中有一枚闪亮的军功章，桌案后面则是一面土墙，这一镜头虽然只是一闪而过，但是这一镜头却深深地印在了我的脑海里。

看完这两档节目，内心颇为感慨，于是拿出了书架上《抗战老兵口述历史》（刘玉著，广西师范大学出版社2017年）一书，该书记录了广西地区24位抗战老兵的口述回忆。这24位老兵中有参加过衡阳保卫战的，有参加过中国入缅远征军的；有为李宗仁将军当过卫兵的，也有为史迪威将军开过车的。阅读书中质朴的口述文字（作者为保持原貌，基本未对口述者所述内容进行修改），读者很容易地能回到历史现场，"真实"是阅读本书的最大感受！以往接触到的很多抗战宣传都会提及，面对日寇的入侵，中国热血男儿毅然决然地走向战场，为家国而战，为民族而战。但是《抗战老兵口述历史》书中的大部分老人都是无奈才参军的，有些是迫于生计，有些是迫于"抽丁入伍"的压力，这些人入伍后，有的也曾经试图逃跑。这些回忆，虽然少了一点浪漫的英雄主义，但却真实地还原了当时的历史。例如桂林地区有一纪念七星岩之战的纪念碑，碑上书有"八百壮士"，但是据七星岩血战唯一幸存者黄海潮老人回忆，真正牺牲在七星岩的只有三百人左右，用黄海潮老人自己的话说："只有我才晓得，死了哪些人，是哪部分的，连长是哪个。这事情过去了六七十年，除了我，还有哪个晓得啊？只有我一条命在这，我才晓得的哩"（p.114）。这些对真实历史的还原，充分彰显了本书的价值。

而当坚定地扛上枪之后，面对日寇，这些抗战老兵未曾退却，殊死搏斗。书中所采访的这些老兵，基本都受过伤，有些伤要不是作者刘玉去采访，不少老兵的子女都不清楚，而这也能看出这些老兵的"隐忍"。隐忍这一气质，似乎在书中每一位老兵身上都有体现。这种隐忍有些是与生俱备的，但是很多却是因为特定的经历所养成的。1949年新政权建立，面对接二连三的政治运动，这些曾经参加过旧政权军队的底层军人，作为"历史反革命"，或遭受批斗，或进行劳改，其中的滋味恐怕只有他们自己知道，但是作为"为中华民族出了一口气"（p.36，黎德老人语）的人也是希望得到认可。书中对于冯桥桥老人的一段描写，我觉得最能代表这些抗战老兵的心情，作者写道（p.76）：

在一同前往探视、慰问老兵的"民革"桂林市委会主委区捷、秘书长蒋东兵等人先行告辞以后，老兵双手紧紧拽着"民革"给他的慰问金，一言不发，似乎陷入了沉思。见他情绪突然低落起来，老兵的儿子赶忙走过去俯身告诉他，现在国家的政策好了，大家都很敬重他们这些抗战老兵。他似乎没听清，我们又把意思重复了一遍。老人听后，眼圈突然变得红红的，几秒钟后，他用左手用力在眼角擦了一把，深深地吸了口气。我没有看见眼泪。但从那双不太明亮的眼睛里，分明可以看见满是曾经不能言说的委屈。

这种"委屈"应该是参加旧政权军队的抗战老兵都曾遭遇过的，有些委屈非亲身经历是无法直接体认的，但是阅读作者的文字，读者还是能体认到一种比较"直接的委屈"，那就是这些抗战老兵晚年生活的凄苦。书中24位抗战老兵，除少数几位外，大多晚境凄苦，不少还居住在破败的土坯房中，七星岩唯一幸存者、黄埔军校毕业生黄海潮老人在 75 岁时还一人背井离乡外出打工，靠捡破烂维持生计的情况更是让人动容，不禁在心中问上一句：这是为什么？这些可都是为国家存亡战斗过的人啊？为何晚境如此凄凉？

《抗战老兵口述历史》书中所采访的老兵主要集中在广西地区，平均年龄已近 90，到该书出版时，书中的不少老人已经走入历史。但是他们毕竟还给我们留下了一份珍贵的文字记录，我坚信有很多和他们有着相同经历的抗战老兵是带着遗憾走进历史的，面对这些前辈，我觉得我们必须时刻牢记：历史不容忘却，尤其是真实的历史！

2018 年 8 月 28 日初稿于彭城云龙湖畔

书情·人情·乡情
——《越踪集》读后

　　刚刚开学，素知我性好游历的秋禾师，特以新书《越踪集》（浙江古籍出版社 2018 年）相赠，且在扉页上题有"从无字句处读书"之语。本书是笔名"秋禾"的徐雁教授十年间的第三部游记集，前两部分别是《雁斋书事录》及《秋禾行旅记》（南京师范大学出版社 2008—2009 年），寒斋早已藏阅。

　　此次开卷阅读《越踪集》，不到三日便已终卷，读完颇有所感。作者这些文字，不管是谈物还是评书，或是述人、纪行，似乎都能感受到其中的温情，再经仔细品味体认，原来其间温情，似乎又可细分为书情、人情、乡情三端。

　　《越踪集》既然题名"越踪"，书中文字肯定是与浙江一地有关。果然，全书收文凡 26 篇，其中 7 篇所谈为浙人浙书，涉及明末天一阁主人范钦、徐桢基《潜园遗事》、民国藏书家周越然与马廉、高诵芬《山居杂忆》、朱月瑜《大屋的丫环们》、丰子恺《缘缘堂随笔集》及"燕京校花"赵萝蕤女史的生平事迹；其余19篇则是多年来积累下来的纪行文字。这些文字，有的曾见于《雁斋书事录》《秋禾行旅记》，但在收入本书时，文字上有了新的润色，有的篇章如《"圆满的自亮"——解读北京大学教授赵萝蕤女史的才学人生》一文，还因时政之故被做了一些删节。

（上）

早在2009年5月26日，在宁波北仑召开的中国阅读学研究会年会上，徐雁先生就曾指出："为应对时代性的'阅读危机'，我们必须首先促进和推进'全民阅读'。'拯救阅读'成为中国阅读学刻不容缓的时代使命，而中国阅读学的紧迫任务，就是既要'拯救孩子'（限制'应试教育型阅读'，鼓励'素质教育型阅读'），更要'救救汉字'（人生读书识字始，人文认知汉字始）"。

或许正是基于这样的使命感与责任感，近年来，徐先生奔走于大江南北，积极推进全民阅读。通过本集中的19篇纪行文字可知，因得毗邻之便，浙江省十一个地级市，都有其阅读推广的屐痕。无论是酷暑、严寒，还是阳春、金秋，从小学、中学到大学，从图书馆到企、事业单位，他大力弘扬读书价值观，具体讲授读书之法，并推介好书之美。最能体现其忙碌的，是本书中《乙未春日的杭

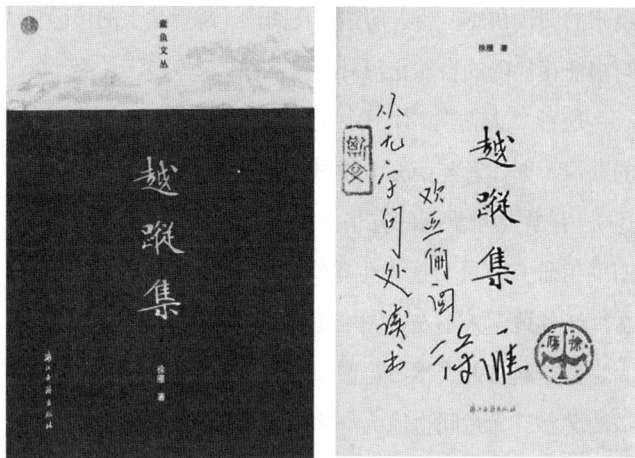

《越踪集》书影及作者题签

州、台州阅读推广行记》、《丁酉春夏走南行北的阅读推广之旅》及《德清一周记》等篇。

在倡导阅读之余，秋禾师或到当地旧书摊（旧书店）淘书买书，或到图书馆阅看地方史志，或走读历史人文古迹……浏览这些朴实的记述，作者的人文浓情，不仅跃然于纸上，更透入读者心间。

（中）

"书卷多情似故人，晨昏忧乐每相亲。眼前直下三千字，胸次全无一点尘……" 于谦在《观书》一诗中流露出来的阅读快感，令人向往。在阅读《越踪集》的体验中，与书情相伴随的自然是淳朴的"人情"。

这种"人情"，有书中记述的两代学人间"忘年交"的友情（如作者与南开大学教授来新夏先生等人的往来记述），有学友同辈间的友情（如作者与其北大学长、浙江图书馆研究馆员袁逸先生等人的往来记述），也有作者与在浙江各地学人书友、图书馆同行间的往来等，这些以书为媒建立起来的人情，温暖、朴实、真挚，而记录这些人情的文字，无意间也成为一份重要的学林掌故。

如在《甲申暖冬杭州、嘉兴、宁波、永康一周记》有记："晚饭前看了设于嘉兴邮电局旧址穆家洋房的嘉兴邮电博物馆。来（新夏）先生虽已高龄，但兴致甚浓，可见求知欲之甚，真学人也。"在《丙戌晚秋宁波、湖州行记》中又有记："返回宾馆，拜访由萧山前来之来新夏先生及其夫人焦静宜老师，蒙来先生相赠《皓首学术随笔·来新夏卷》。"（中华书局2006年）再如在《戊子早春杭州、萧山行记》中记："四位八旬老人陈桥驿、来新夏、王汝丰、陈伯良先生始终坚持听会，无声而有力地传达着老一辈学者对学术的执着和关注，对与会者的鼓励与期待，让我们向他们表示由衷的敬意。"在《戊子夏秋间海宁、安吉、杭州行记》中有记："回海宁市里探望八旬老人陈伯良先生，他是本地最有学问的人之一。我们在路上选买了一盆花……临别时，他坚持送我们到楼下，却之不获允，只好扶他老人家下楼，却因此得以在楼下树丛前合影留念。"记得厦门大学教授谢泳先生曾经说过"文学史不如掌故书，掌故书生命力比文学史长"，以此而言，不乏学人书林掌故的《越踪集》，应该是有其生命力的。

此外，《越踪集》中反映出的导师与其研学弟子之情，也同样令人印象深刻。所谓"天、地、君、亲、师"，在中国传统文化中，教师与弟子间的情感，是一种极为重要的"人情"。在本书中，不时可以看到徐先生率其若干门下弟子游学走读于两浙的记载。

如在《丙戌晚秋宁波、湖州行记》中，晚饭后入"有一家书店"，"得《藏书纪事诗·辛亥以来藏书纪事诗》两册，经议价以25元一册的价格购入。此为珍贵难得之史料书，重印无期，虽雁斋有藏，仍为本门研学弟子购下。又购成寒所著《敲开文学家的门》，赠给小叶收藏"。在《己丑春雨中的新硎之旅》中，有徐先生求请篆刻家杨治华先生为徐门弟子治印的记述。在《丁亥晚秋湖州'皕宋楼暨江南藏书文化国际研讨会'纪行》中，有徐先生带三位研究生弟子同往湖笔博物馆参观后，师徒一行午餐鳝丝、虾仁双浇头面条的记录。在《己丑岁尾嘉兴行记》中，更有徐先生带弟子郑闯辉出差嘉兴途中在火车车厢里以豆腐干佐啤酒的记录等，都让读者印象深刻。

我在南大求学加从教多年，虽非徐门弟子，但深知秋禾师一直强调"读有字书，悟无字理"，要求弟子们学以致用、知行合一。在时下那种失衡的教育生态中，这种"师弟之情"尤显珍贵。

（下）

在书情、人情之外，从《越踪集》中的文字里，我还感受到了一种浓浓的乡土情怀。或许是我与秋禾师都出生于江南的缘故，尤能体认到其笔下对于浙地乡土的情感。他走读过的两浙历史人文古迹，如杭州胡雪岩故居、钱君匋艺术博物馆、临海台州府老街、宁波慈城、嘉善西塘镇、海宁路仲镇及德清新市镇、乾元镇等，可能大多数浙江人都未必一一走过。

本书中有一篇《朱月瑜先生小说集〈大屋的丫环们〉》，作者在开篇写道：

20世纪中国的"乡土小说"史上，蹇先艾（1906—1994）笔下的贵阳、裴文中（1904—1982）笔下的榆关、许钦文（1897—1984）笔下的绍兴、台静农（1903—1990）笔下的淮南、王鲁彦（1901—1944）笔下的浙东、沙汀（1904—1992）笔下的川西北、沈从文（1902—1988）笔下的湘西，乃至鲁迅（1881—1936）笔下的鲁镇和未庄等，都是作者以故乡民风和乡亲面貌的谙熟而设置的生发感人至深的乡土故事地理场景。唐弢（1913—1992）先生曾经评价道："这种乡土文学在中国现代文学史上有着很深的根基。"（《晦庵书话·乡土文学》）可是这一"根基"，似乎为当代文坛轻忽已久了。近二十年来，文坛上平添了许多这一"派"那一"代"的作家，就是少见默默立足于本乡本土，静静地追迹着一方风物一地人情者。假如说有，则浙江作家朱月瑜便是其中难得的一位。

秋禾师的评介良有以也，不过他本人也是一位"静静地追迹着一方风物一地人情者"。在《越踪集》中，有关乡土的文字着实不少，如在嘉兴王店镇走访当地搜集民间旧物的货主，搜罗榉木背椅、老橱门板壁；在西塘古镇购置手工纳底的布鞋；在宁波老街流连于古弄中即将拆毁之古民居；在湖州荻港古村忆及自己的童年等等，都能看出秋禾师对于浙地乡土风物的爱恋。

《越踪集》中的地方文献价值，也是不言而喻的。如《甲申暖冬杭州、嘉兴、宁波、永康一周记》中12月5—6日所记"嘉兴图书馆百年馆庆"事宜：

（5日）下午前往嘉兴南湖畔宾馆，嘉兴图书馆馆长崔泉森先生正率该馆同人热情张罗会务，迎接来宾……

（6日）上午九时半，馆内张灯结彩，悬挂一副对联：

百年回首，蕴香吐芳，立基不忘先辈业；

盛世瞻望，摛藻扬芬，光大还赖后昆功。

据介绍，早在 1904 年，金蓉镜（1855—1929）、陶葆霖（1870—1920）等嘉兴先贤就捐书集款，创立了嘉郡图书馆，是全国最早的公共图书馆之一。如今，嘉兴图书馆藏书已达 57 万册，年接待读者超过 65 万人次。看了嘉兴图书馆百年历史资料展和地方文献展览，我才知道该馆古籍收藏，曾多得嘉兴旧书店之助。

下午的安排为"图书馆与社会进步"专家演讲会，由清华大学徐教授、南开大学来新夏先生和建华兄在嘉兴图书馆报告厅开讲，我讲的题目是《读者现时代如何读书》。

"天地阅览室，万物皆书卷"（叶圣陶语），对于浙地乡土风物的爱恋，大概也属于对其苏南家乡的一种移情别恋吧。因为在地理上，吴、越两地山水清嘉，相依相傍；在文化上，风物人情也多有近似相通之处。我与秋禾师一样生于吴地，长于吴地，而且《越踪集》中提到的不少地方也曾有所涉足，那些旧巷老宅确实能够让我怀想起幼时的宜兴小镇生活。听说本书初拟名为《吴人越踪集》，那其实是最恰切不过的了。

2018 年 9 月 6 日初稿于荆邑味斋

（该文原载于《味书轩》2018 年第 4 期及《今日阅读》2018 年总第 31 期）

失落的一代 幸运的一代

　　——《开山大师兄：新中国第一批文科博士
　　　访谈录》读后

　　口述史是近年来较为时兴的一种研究方法与研究主题，除学术界外，新闻、传媒、文艺等其他诸多领域基于口述史方法出版的很多相关主题图书，如对抗战老兵、知识青年、传统匠人、历史文化名人及其后人等特定对象的口述回忆录也成为图书出版市场的一大热点题材。2019年江苏人民出版社出版的许金晶、孙海彦二人编著的《开山大师兄：新中国第一批文科博士访谈录》（下文简称《开山大师兄》）一书，无疑是时下庞大的口述史图书家族的一位新成员，该书选择了中国大陆第一位文学博士莫砺锋、第一位民俗学博士陶思炎、第一位中国经济史博士李伯重、第一位中国戏剧历史与理论博士胡星亮、第一位世界史博士钱乘旦、第一位政治学博士俞可平、第一位中国近代史博士马敏（与桑兵并列）、第一位文艺学博士罗钢、第一位民族学（人类学）博士庄孔韶、第一位历史地理学博士葛剑雄（与周振鹤并列）为访谈对象，对其人生与治学历程进行了访谈。这十位中国大陆第一批文科博士，如今都已经成为各自所在领域的"大人物"，但是如果把他们放在中国历史长河中，和众多帝王将相、王侯公孙相比，他们又显得十分的渺小。但就是在这些"小人物"的访谈中，我们看到了一段"大历史"。

法国学者潘鸣啸（Michel Bonnin）曾出版过一本《失落的一代：中国的上山下乡运动 1968—1980》，该书研究上山下乡运动发起的背景、过程及其影响。《开山大师兄》一书中采访的这十位主人公，都是上山下乡运动的经历者，自然也都称得上"失落的一代"。而从他们的口述来看，"失落的一代"对于他们而言确实实至名归。书中大部分人都是共和国的同龄人（出生于 1950 年左右），从小伴随着政治运动成长，政治与这一代人联系之紧密远超其他代际。在众多政治运动中，对于他们这一代来说，打击最大的无疑是 1966 年"文革"爆发后高考的取消，取消高考对于当时社会的影响或许不亚于 1905 年废除科举制度对于中国社会历史的影响，而表现在个体身上最直接的就是失落、绝望。例如，莫砺锋高考志愿都已经填好了，但是突如其来的消息，一时不知所措，其失落感可想而知。胡星亮也表示那段时间（高中毕业到考上大学前）"特别绝望、特别灰暗"。

在近两千万"失落的一代"中，《开山大师兄》书中的这十位无疑又是幸运的，他们终于等到了高考的恢复，并通过高考重新改变了命运。高考恢复后不久，又适逢国家十年内乱之后急于培养人才，于是制定了一些"非常规"的途径，允许尚未毕业的本科生考研。这十位大师兄当中好几位就是读本科的时候直接考研，有些甚至没有读本科就直接考取研究生，此后又成功考取中国大陆人文社科领域第一批博士，博士毕业以后也都在各自领域做出了骄人的成绩。从这个角度而言，他们这一批人又是"幸运的一代"。认真阅读这十位大师兄的访谈发现，他们的幸运虽然有时代的因素，但个人的努力与坚持亦是十分重要的原因。从"文革"到上山下乡，这些大师兄的同龄人很多或一心闹革命，或一心扎根农村，但这些大师兄却没有放弃对知识的渴求。他们带着心爱的书刊，这些书刊或来自"文革"前的购置积累，或来自亲友的赠送，抑或是取自他处，但不管是什么途径，他们在失落之时没有离开书，没有离开知识，坚持读书、自学，如莫砺锋、钱乘旦插队的时候坚持读书；陶思炎、胡星亮坚持文学写作；作为工人的马敏，晚上不管多累，吃完饭都会坚持看书；葛剑雄在大家都想着造反革命时，他首先想到的是"趁这个时间好好学英文，利用《毛主席语录》《毛主席军事文选》英文版学习英文"……这种"莫听穿林打叶声，何妨吟啸且徐行"的坚守，终于换来了时代的眷顾，让他们重新获得进入大学学习的机会。

作为"失落的一代",或者说"精神上挨过饿的人"（罗钢语），开山大师兄这一代人更加体认学习机会的珍贵，虽然错过了最佳学习时间，但一旦获得机会，就会更加珍惜。用胡星亮先生的话就是"那个时候读书真的是非常珍惜时间，我们这一代读书可能基本上是为读书而读书，当时不愁找不到工作"，这句话不仅说出了他们这一代（或者这也是"老三届"学生的共有特征）的读书特征，更道出了他们这一代人的幸运。

开山大师兄们，因为时代的原因，遭逢不幸，成为"失落的一代"。但同时也因为时代的原因，赶上了其他代际无法遇到的幸运，终成为"幸运的一代"。但失落也好，幸运也罢，其中得失，或许也只有他们自己才能体认。

2019 年 10 月 24 日于徐州云龙湖畔

（本文首发于 2020 年 5 月 28 日南京大学群学书院网站）

从前慢

——保罗·莫朗随笔集《旅行》读后

　　记得木心有一首《从前慢》的小诗，内容不长，但是文字间所透露的优雅、恬淡，令人印象深刻。近日，阅读南京大学出版社出版的法兰西学院院士保罗·莫朗（Paul Morand，1888—1976）的随笔集《旅行》（唐淑文译），读毕，不禁又想起了木心的那首《从前慢》。

　　保罗·莫朗是法国著名的小说家、剧作家、诗人，著有《温柔的储存》《地中海》《威尼斯》《香奈儿的态度》等，以其名字命名的保罗·莫朗文学奖如今已成为法国最重要的文学大奖之一。《旅行》一书，收录了保罗·莫朗关于旅行的 22 篇随笔，涉及对旅行本质、旅行目的、旅行方式等问题的思考以及作者在法国、意大利、瑞士、德国等地旅行时的见闻。

　　关于旅行，有些人认为是一种体验，是对自然美景、人造建筑、风土人情的体认；有些人认为是一场冒险，是对未知领域的一次探索；还有些人认为旅行是一种逃避，是对现实、对所处当下的一种逃避……正如西谚所说的"一千个读者眼中有一千个哈姆雷特形象（There are a thousand Hamlets in a thousand people's eyes）"，不同的行者对于旅行同样也是有着不同的感悟与体认。保罗·莫朗也不例外，例如，我们通常都认为旅行是一项非常私人化的行为，但是保罗·莫朗却在《旅行》一书中提出了旅行是一种集体行为的观点，而这也是他这本随笔集的核心思想之一，即在于说明："我们的当代生活不再是个人的，而是集体性质的，在于展现一个没有立足点的世界的社会形态，在于以夏日度假者、温泉疗养者、沐浴者或度假者使用的手提箱为视角，来论证人类地理学。"且不管保罗·莫朗的论证，单单回到他那些关于旅行的文字，来探索一下保罗·布朗所认可、所期待的旅行。

《旅行》"到达"一篇中有如下一段话：

昨天与今天之间的一个深刻不同之处：昨天，壮美之景被珍重收藏；而今天，它们几近强制性的被展现在众人眼前。克制、审慎、默契使真正为美痴狂的少数人，对于自己的乐趣闭口不谈；少数幸运儿像吸食鸦片者一般躲躲藏藏，傻而高贵。因此，昨天没有流浪汉城市，没有旅馆业的推广、伪造的民俗，也没有旅游折扣；没有勃拉姆斯的广告、德彪西的宣传；奥义书没有可供攀爬的斜道；奈瓦尔不像卢瓦尔城堡一样显示出光辉，《米洛的维纳斯》也不曾被挂在街头巷角。通往珍贵之物的道路狭窄无比；人们必须战胜满是敌意的沉默，从中发现它们，并因此得到心灵上的洗礼。

从这段话不难看出，保罗·莫朗对于工业文明时代的旅行是厌恶的，他所期待的旅行，是一种为了追求真正的"美"而出发的旅行，最好是独自一人，就像从前的水手、冒险家一样，不带什么行李箱，不找旅行公司，也不乘坐现代的飞机、火车、游轮，独自体认着旅行的神秘主义。

"今天，人人都在旅行"，但是，快速发展的文明破坏了旅行应有的美好，行李箱给我们带来了烦恼，飞机、火车让我们变得慌乱，旅行社的折扣、规划路线则使我们变得卑微与沉默……我们虽然十分向往着旅行，但是我们似乎又忘记了什么是旅行，或许可以读一下保罗·莫朗的文字，因为他告诉我们："从前，旅行就是闲逛。"

2020 年 6 月 3 日于徐州云龙湖畔

当代人为当代存史的典范

——《钟叔河书信初集》读后

梁启超在《中国近三百年学术史》一书中曾就清人不作清史而批评道:"史学以记述现代为最重,故清人关于清史方面之著作,为吾侪所最乐闻,而不幸兹事乃大令吾侪失望。……故清人不独无清史专书,并其留诒吾曹之史料书亦极贫乏。"(见梁启超著,夏晓虹、陆胤校之《中国近三百年学术史(新校本)》,商务印书馆 2011 年出版,331—332 页)梁启超这话虽然针对的是清人,但也指出了中国历史书写的一个传统,即当代人不修当代史,当代史料一般也都由后一朝代编辑,著名的"二十四史"便是很好的例证。

出于学术研究之需要,我对于日记、书信这类一手材料向来非常重视,尤其是学人的日记、书信,凡一出版基本都会购置,以备查考研究之用。从寒斋所藏的近代学人书信、日记来看,大部分都是在这些学人故去以后由家人、弟子、友朋编辑整理，当然这一"传统"也是由诸多因素共同造就的。近日收到桐乡夏春锦兄所赠之《钟叔河书信初集》一书，不免让我眼前一亮，因为钟叔河先生还健在！这一突破传统之举（当然近年也有一些人在生前就编辑有关日记、书信，如沈昌文先生的《师承集》《师承集续编》等），也让我心生敬意。

《钟叔河书信初集》由夏春锦等人所编，作为"蠹鱼文丛"之一由浙江古籍出版社 2020 年 2 月出版，该书收录了钟叔河 1963 年至 2019 年间致周作人、杨绛、金性尧、李锐、范用、陈子善、薛冰、董宁文、夏春锦等 70 人的书信 376 通，这些人中既有学者、出版者，也有普通工人、读者，但内容都是关于书籍及研究、写作、编辑、出版、阅读等事。全书按照收信人的年齿排列，书前有编者夏春锦"小引"一篇，书中插有部分信件照片。

书信是最能体现人性温情的文体之一，《钟叔河书信初集》亦不例外，如书中收录的钟叔河回复普通读者的来信，为其答疑解惑、赠书签名等都能体现这一点。但是囿于多年来浸淫历史研究养成的"陋习"，我更多的是将《钟叔河书信初集》作为一部现当代史料来阅读，因此也就别有一番风味。

钟叔河先生最为人称道的是编辑出版"走向世界丛书"和周作人的文集，前者对于国人的再启蒙起到了重要的作用，而后者对于周作人评价的"拨乱反正"也是功不可没，对于这两件事背后的故事，很多我们并不了解，但是《钟叔河书信初集》却向我们提供了很多线索。例如钟叔河在 2007 年 4 月 25 日致俞子林的信中，详述当年为了出版周作人的集子至北京与中宣部、出版局领导交涉，最后经胡乔木批准才允许有限出版（即只出版周作人 1937 年以前以及 1949 年以后的作品）的艰辛往事，不过钟叔河还是进行了变通，将周作人 1937 年至 1949 年间的作品编成《知堂书话》《周作人集外文》出版。周二先生这些作品的出版，一度引发了"周作人热"，但是钟叔河却也因为周作人遭到了质疑，以致离开了岳麓社。钟叔河的这一个人遭遇，其背后折射的还是当时的政治、思想、文化环境，而这也印证了"从小人物背后看大历史"之说。又如因为"走向世界丛书"所取得的巨大反响，在该丛书出版后，钟叔河将为该套丛书撰写的序论编辑成《走向世界》一书，但是该书在出版过程中，也遭遇了责编恣意删改之事，删改的原因当然也是与特定历史时期有关。

此外，书信间不经透露出来的其他信息，现在看来都是重要的历史研究资料。例如 1992 年 9 月 16 日钟叔河在致金性尧的信中对于当时毫无常识的人也开始评论周作人而替周作人感到悲哀的感叹；2000 年 10 月 28 日在致周实信中对于社会阅读汪国真、余秋雨诗文的评价；2006 年 4 月 3 日、2006 年 6 月 28 日在给汪成法信中提及的刘和珍君的同学张淑文以及北大招收的首批女学生之一、鲁迅与周作人的学生彭官璎 1949 年以后的境遇，特别是 1957 年"右厄"（钟叔河语）的回忆，都是后人了解当时社会、政治、思想状况的绝佳史料。

钟叔河 2018 年 10 月 21 日在致夏春锦的信中曾言及："书信是个人思想生活的部分实录，对于撰写自传很有价值。"而从《钟叔河书信初集》来看，该书不仅是个人思想生活的部分实录，更是时代的部分思想实录，由此也要感谢钟叔河、夏春锦先生为这个时代留下了这样一部实录，该书名为"初集"，想来"二集""三集"的出版应该也快了吧！

2020 年 6 月 11 日初稿于徐州云龙湖畔

（原以《〈钟叔河书信初集〉读后》载于《开卷》2020 年第 10 期，收录有增删）

一位"异乡人"的南京文化自觉

——《旧时燕：文学之都的传奇》读后

冬日的午后，窗外正淅淅沥沥地下着"江南特色"的雨，此时闲坐于窗前，呷一口桑梓的宜昌红茶，细细地品读案上程章灿先生的《旧时燕：文学之都的传奇》（南京大学出版社，2021年1月出版，该书初版于2005年，当时题为《旧时燕——一座城市的传奇》），这已是程章灿先生撰写的第三部阅读南京的文化随笔，此前已有《潮打石城》（凤凰出版社2020年6月出版）、《山围故国：旧闻新语读南京》（南京大学出版社2019年7月出版）两书问世，作者本人也将这三本书合称为"南京三书"。

《旧时燕：文学之都的传奇》全书共分"旧时燕子""金陵王气""虎踞龙蟠""旧时王谢""岩壑栖霞""有女莫愁""烟雨楼台""百斛金陵""沆瀣风流"等二十四篇，讲述了南京的山水地理、历史风貌、人文物产，全书除文字外另配有明人陆寿柏所绘《金陵四十景图》插图，可谓"图文并茂"。

（一）

作为连接南北的重要枢纽，南京一直是一座开放的"熔炉"，热情地接纳着来自五湖四海的"异乡人"，虽然很多"异乡人"只是匆匆停留，但是也有不少选择流寓终老于此。程章灿先生自己也坦言"虽然从根本上说，对于这座城市的历史，我不过是一个匆匆过客；对于这座城市的现在，我不过是个流寓多年的外乡人"（《旧时燕》，282页），但是正如董桥在为金耀基先生《剑桥语丝》一书所作序文《"语丝"的语丝》中所转述的那句话："其实在现代社会，谁又不是异乡人呢?"从1983年负笈金陵、

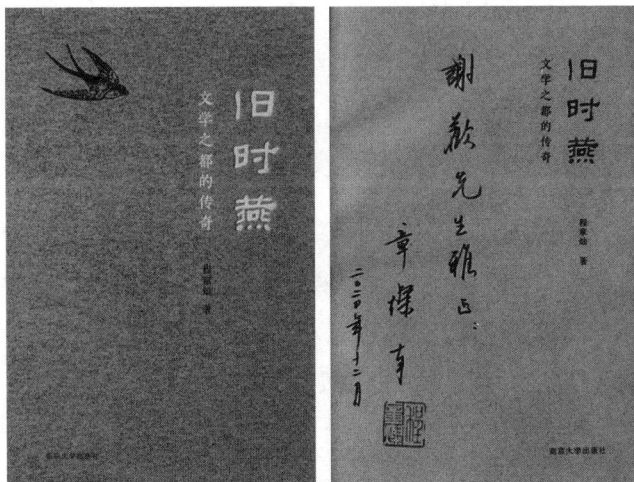

《旧时燕》书影及作者题签

心生云与月 在忽挪方满味甚

无限龙山荆名绽行遍更上

高楼望大江　题谢朓味高

辛巳夏日程章灿书

程章灿先生诗作及书法

立雪程门（受业于南京大学程千帆先生），到 1989 年博士毕业后讲学南雍、定居南京，程章灿这位流寓南京 38 年的"异乡人"用他独特的方式阅读着南京这座"文学之都"的历史，体认着南京的温情，书写着南京的传奇。

《旧时燕》"百斛金陵"一篇中，作者曾述及南京参与到安徽贵池、山西汾阳、湖北麻城等地对于杜牧"牧童遥指杏花村"诗句中所涉及"杏花村"归属地的争夺，对此，作者评论道："在这场争论中，南京没有获胜，也没有失败，权衡起来是得大于失，更重要的是，它说明这座城市有一种自觉的文化意识。"而在"百斛金陵"一篇最后，作者也是感叹道：南京"是一座消费文化的城市，更是一座生产文化的城市。它会利用自己的历史文化资源，发挥文化名人的效应，创造更多的文化资源，积聚更多的文化财富。现在有些人对这些文化遗产不以为宝藏，反以为累赘，打一个比方，这些人真连挥霍万贯家财的败家子也不如。书写至此，不禁掷笔长叹"。

作为一位出生于历史名城闽侯的文学才子，不知是其与生就具有敏锐的文化自觉意识？还是浸淫南京口久，无形之中受到了南京这座城市"自觉的文化意识"的熏染？但不管何种，南京与程章灿有机地融合在了一起，南京为程章灿提供了富饶的文化宝藏，而程章灿则为南京很好地开发利用了这些宝藏。南京必须感谢程章灿这类具备文化自觉意识的"异乡人"，没有他们，南京这座"文学之都"无疑会失色不少，或许南京根本就无法获评"文学之都"。

（二）

《旧时燕》一书首篇"旧时燕子"中有作者这样一段话："对我来说，南京这座城市就像一只燕子，一只从旧时飞到今天的燕子，一只从昨天飞来、又向明天飞去的燕子，千百年征程，风雨迢迢。"（《旧时燕》，4页）读罢全书，在我看来，相较于南京城，作者程氏更像一只燕子。他飞入历代典籍之中，踅摸着一切与南京有关的文字，并将其衔出，用当下的语言，将一个个与南京有关的文学典故、民间传说、历史故事重新编织铺排。"青骨成神"中的蒋子文、"六代乌衣"中驾船远航至乌衣国的王榭、"贵妃之死"中刘宋孝武帝的宠妃殷贵妃、善于"变脸"的莫愁、退居半山园的王安石、流寓南京的袁枚……一个个遥远的人物，在程氏笔下都变得鲜活生动起来。

南京是一座悲情的城市。虽然号称"十朝都会"，但是每一个在此建都的政权，国祚都难享绵长；南京是"文学之都"，但仔细品读关于南京的文学作品，尤其是那些古代的诗词歌赋，其背后大多都有一些哀怨伤感。南京之所以成为"文学之都"，或许与这座城市的悲情也有关系，因为悲情是极好的文学源泉。这些带有些许悲伤、痛楚的人、事、物，经过程章灿先生的"咀嚼消化"后，却多了几分温情趣味与浪漫诗意，不禁让人想回到历史的场景去看一看、听一听。

不管你是否是南京人，亦不管你是否生活在南京，只要对南京有兴趣，那不妨读一下这本《旧时燕》吧！

2021 年 1 月 25 日初稿于彭城云龙湖畔

（原载于《开卷》2021 年第 6 期）

此心安处是吾乡

——《漂泊在故乡》读后

2021 年 4 月 7 日下午，与秋禾师约定拜访薛冰先生，我们分别从各自的居所出发，我因住在鼓楼，较之秋禾师的仙林雁斋距离薛冰先生寓所更近，故而早到了一会儿，与薛先生就感兴趣的话题先聊了起来。过了好一会儿，秋禾师才与门下四位博士生姗姗来到，原来秋禾师顺道去了一趟先锋书店，为研学弟子购置了若干薛冰先生著作，拟请薛先生题签后相赠，其中包括十余册《漂泊在故乡》一书。在请薛先生题签时，秋禾师问我是否庋藏此书，我告知尚未购置，秋禾师旋即取出一本赠我，并请薛先生为之题签。从薛先生处归来后，断断续续终于将这本小书读完。

薛冰先生的《漂泊在故乡》，2019 年 2 月由广西师范大学出版，系"微南京"丛书之一种。全书 9 万字，除"前言"外分为"海陵州""汉西门""新街口""'三

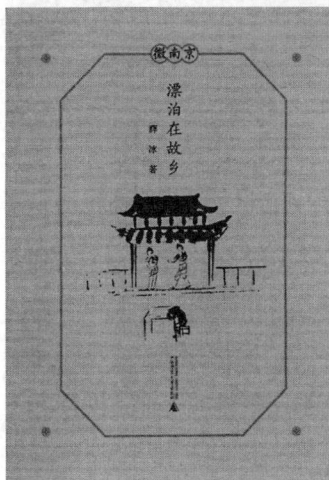

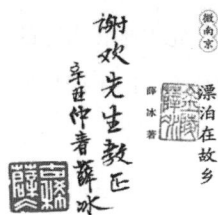

上图：与薛冰先生（中）、徐雁先生（左）摄于薛冰先生寓所

下图：《漂泊在故乡》书影及题签

层楼'""大厂镇""夫子庙""明故宫""清凉山""丁家桥""肚带营""颐和路""堂子街""秦淮河"十三个篇章，记录了作者近70年的南京"漂泊"历程。

1950年，年仅两岁的薛冰跟随父母迁至南京，入住位于下关热河南路的外婆家，1954年因长江水患，薛冰全家搬离了居住四年的热河南路，"进驻"南京城，先后在莫愁路、石鼓路栖居，1964年又随父母迁徙至新街口沈举人巷，1967年，离开南京至苏北插队。1975年，在告别了南京8年以后，薛冰结束了在苏北农村的插队生涯，返回南京，就职位于大厂镇的南京钢铁厂。如果说1950年初到南京时，对于南京还觉得有点陌生，那么这一次长达八年后的回归，薛冰已经把南京视作了故乡，用其自己的话说就是"返回了家乡南京"。1983年春，薛冰被借调至南京市文学讲习所，开始了在夫子庙地区的工作、生活，第二年（1984年）从南京钢铁厂调至江苏省作协，离开了工作八年的大厂镇，正式"进城"。在江苏省作协工作期间，因为办公场所变动的原因，薛冰先后在明故宫、湖南路、肚带营、颐和路工作过，而居所也经历了结婚初期的清凉山、肚带营江苏省作协宿舍（1989年入住）、涵洞口汉中苑小区（2001年入住）以及莫愁湖东路君园（2016年搬入）等地的变迁。

加拿大著名作家阿尔贝托·曼古埃尔（Alberto Manguel）曾说过"文字对应经历，经历对应文字"。薛冰先生的这本《漂泊在故乡》很好地印证了曼古埃尔的这句话。从这本书中，我们可以看到在近70年的"他乡作故乡"的漂泊中，作者从一位稚子幼童成长为懵懂少年，从一位插队知青变为返城的国营工厂职工，从原本或许是要在国营工厂工作至退休的青年，因为读书、写作改变了人生轨道，蜕变成一位作家、文化学者，这样丰富的人生经历都通过这一个个的文字展示在读者眼前。

文字的背后除了这丰富的人生阅历之外，更多地凝结着时代的点滴。如《海陵州》中对下关由繁荣到落寞再到复兴的变迁叙述；《丁家桥》中对于湖南路文化建设发展的回顾；《肚带营》中对于南京旧时书业、古建的回忆；《颐和路》中对于民国建筑保护不当的批评……这些文字表面上是在写作者的"漂泊"经历，实际折射的是南京乃至时代发展的脉搏，从这个角度而言，本书可以入史。

多年前，读到董桥先生为金耀基先生《剑桥语丝》一书所作序文《"语丝"的语丝》中转述的一句话："其实在现代社会，谁又不是异乡人呢?"给我留下了深刻的印象，董桥先生的这句话也可以换一种说法，即"在现代社会，谁又不是漂泊者呢"? 这种漂泊可以是在陌生的异国他乡，也可以是在熟悉的故乡；可以是躯体上的漂泊，更可以是精神、灵魂的漂泊。躯体的漂泊大多只会让我们感到肉体上的疲乏，而心灵的漂泊更多则是带来精神、灵魂上的迷茫。而在本书中，我似乎也读到了薛冰先生躯体与心灵的两重"漂泊",不过南京这座城市特有的、厚重的文化,似乎给作者漂泊的心灵找到了安身之处。

读罢全书,不禁又想起了东坡的那首《定风波》:常羡人间琢玉郎,天应乞与点酥娘。尽道清歌传皓齿,风起,雪飞炎海变清凉。　　万里归来颜愈少,微笑,笑时犹带岭梅香。试问岭南应不好,却道:此心安处是吾乡。

2021 年 4 月 28 日改定于徐州市中心医院

迟来的纪念

——《忘记我》读后

　　《忘记我》是一份迟来的作品，说"迟来"有两层含义：一是《忘记我》一书作者徐风从 2002 年与书中主人公钱秀玲女士通越洋电话，到萌生写一本关于钱秀玲的书，再到书稿最终完成，前后花了 16 年的时间；二是本书主人公钱秀玲的故事主要发生在二十世纪四五十年代的比利时，直到半个世纪以后，她的故事才在故国传开，从张雅文的《盖世太保枪口下的中国女人》（人民文学出版社，2002 年）到《与魔鬼博弈》（重庆出版社，2015 年）再到徐风的这部《忘记我》（译林出版社，2021 年），而徐风作为钱秀玲故乡——江苏宜兴的作家完成的这部《忘记我》，是第一部由钱秀玲家乡人民完成的传记作品，也算是一份迟来的纪念。

　　钱秀玲，1913 年出生于江苏宜兴，早年求学于宜兴、苏州、上海等地，后赴欧洲，就读比利时鲁汶大学，获得化学、物理学双博士学位。二战期间，比利时被德国占领，钱秀玲借助堂兄钱卓伦（时为国民政府中将军官，蒋介石幕僚，与德国驻比利时的最高统帅法肯豪森上将有私交甚笃）的关系，从纳粹手下救下了数百位比利时人，从埃尔伯蒙村到艾克兴市，都留下了她救人的事迹。二战后，为表彰钱秀玲的义举，比利时国王授予她比利时"国家英雄"称号，比利时艾克兴市也有史以来第一次将一条马路与这位东方女人联系起来，将市内的一条道路命名为"钱秀玲路"。

常人印象中的江南女子，多是娇柔、温婉的"柔弱"形象，殊不知，江南女子在柔弱的外表下，骨子里蕴含着常人想象不到的刚强，从古时为严守伍子胥行踪而投河自尽的史贞女，到近代为革命从容就义的女侠秋瑾，江南女子的刚毅着实让人敬畏。而《忘记我》的主人公钱秀玲身上，不仅具备了江南女子的刚毅，而且还流淌着故乡宜兴的"义血"。宜兴，古称"阳羡"，晋王朝为表彰宜兴籍将领周处父子数次大兴义兵之功，将"阳羡"改为"义兴"，这一名称持续使用了数百年，使得"义"字的精神文化内涵深深地植根于宜兴这片土地，滋养着每一位宜兴儿女，这其中也包括钱秀玲。她有着敢于反抗封建婚姻的刚毅，有着拥有化学、物理双博士桂冠却甘愿与丈夫格里高利·德·佩令吉（钱秀玲为其取的中文名叫"葛利夏"）在一间乡村诊所担任护士的妙手仁义，有着从纳粹手中救下普通民众的铁肩道义，更有着二战后为面临死刑的法肯豪森将军奔走呼救（法肯豪森最终被无罪释放，据后来资料显示，法肯豪森将军一直是德国反希特勒阵营一员）的公平正义。作为一位离开故乡14年的游子，在读到第19章《无法补偿的亏欠》中描述钱秀玲返回宜兴的文字时，我的眼眶不禁也湿润了，其中的情感，或许只有每一位在外的宜兴籍游子才能体认吧！

作者徐风采用历史与纪实相配合的手法，结合自身深入比利时、中国台湾、中国宜兴等地采访的体悟，共同展现了包括钱秀玲夫妇、钱卓伦乃至法肯豪森将军在内的"人性光辉"。作为一位从事文史研究的工作者，这本书让我感到遗憾的是，没有见到相关史料。作者走进了比利时的鲁汶大学，却没有走进鲁汶大学图书馆、档案馆，同样也没有走进宜兴、苏州等地的图书馆、档案馆，找寻第一手的资料，我想在鲁汶大学图书馆或者档案馆，肯定有不少这位优秀校友的档案资料，如果全书能再增加这些资料，肯定会更加精彩！但或许这是我的"职业病"吧，徐风追寻的只是"事件、资料背后的审美意义"（《忘记我》173页）。

再次感谢徐风，让我记住了钱秀玲，让我又一次为桑梓感到骄傲与自豪！

2021年6月4日晚匆草于彭城云龙湖畔

（原载于《译林书评》2021年第5期）

尺牍余晖中的脉脉温情

——《他们给我写过信》读后

"夕阳无限好，只是近黄昏"，这是唐代诗人李商隐《登乐游原》诗中的两句，对于该诗的全貌、诗名以及作者李商隐，知者肯定寥寥，但是"夕阳无限好，只是近黄昏"两句可谓传诵至今、家喻户晓。这两句诗适用的场景极其广泛，当来也包括用来描述书信——这一传统文体的现状。书信，又称尺牍、信札、书简、尺素……是非常特殊的一种文体，相较于写给一个人（本人）看的日记，书信是写给少数他人看的，具有一定的公开性；但是相较于公开发表（出版）的图书、文章，书信又具有一定的私密性（当然，如果日记、书信都正式出版了，那就另当别论了）。这种半公开半私密的特性，决定了书信独特的价值，或许正是因为这一点，书信，尤其是学人或文化名人的书信近年来已经成为中国出版界的热门选题，但是繁荣美好的背后，不得不感慨一句："夕阳无限好，只是近黄昏。"

因为随着信息技术的发展，传统的书信已经被电子邮件（Email）所取代，而近年来实时通讯软件的发展，更是便利了人与人之间的联系，即使身处地球两端，通过微信等也可以实时进行文字或视频交流。"云中谁寄锦书来"的那种期待，"家书抵万金"的那种欣喜已经逐渐消逝在历史的长河中了。

作为一名文史学者，常常会在研究中使用到书信这一特殊的文献，对于书信的价值自然了然于心，因此也就格外关注出版界出版的各种书信类图书，近日阅读江苏文艺出版社原副总编辑张昌华先生的《他们给我写过信》一书，再一次体认了书信中所蕴含的温情与价值。

（一）

《他们给我写过信》一书由商务印书馆于 2020 年 2 月出版，该书辑录了苏雪林、顾毓琇、张充和、林海音、柏杨、夏志清、杨振宁、聂华苓、余光中、董桥等 29 人致张昌华先生的书信，这 29 人，有两个共同的特点：第一，都寓居海外，或在美，或居澳，或留台，或住港；第二，这 29 人全部出生于 1949 年以前，其中年齿最长者为苏雪林先生，出生于 1897 年，最幼者为林海音先生的女儿夏祖丽女士，出生于 1947 年，也已过古稀之年，书中所收书信也是根据这 29 人的年齿排序。所收书信，少者只收录 1 通，如杨振宁、高秉涵、成露茜等人，多者则收录数十通，如董桥 50 通、顾毓琇 43 通，柏杨、张香华夫

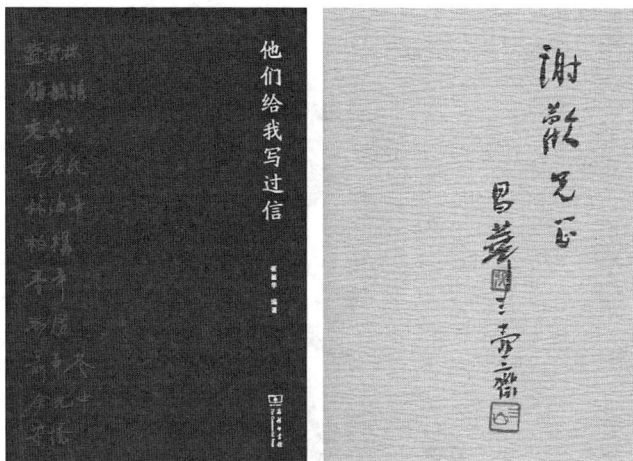

《他们给我写过信》书影及作者题签

妇 32 通等，该书所收书信时间最早为 1995 年，最晚则是 2019 年，大部分都是写于世纪之交，即 2000 年前后。在每组信末，张昌华先生都撰有一篇"助读延伸"，叙述其与写信人之间相识、交往的历程以及所收书信中涉及内容的背景。所有书信，都由张昌华先生整理而成，只配有少量的原件照片，无法欣赏到这些书简的艺术之美，但由于写信者都寓居海外，所以有些书信内容经过了特别处理，或许这也是没有附原信影印的缘由吧！

　　早在 2017 年 9 月，张昌华先生就出版了一部《我为他们照过相》（商务印书馆），该书记录了张昌华与海内外文坛、学林耆宿的交往历程，而且可贵的是，张先生为

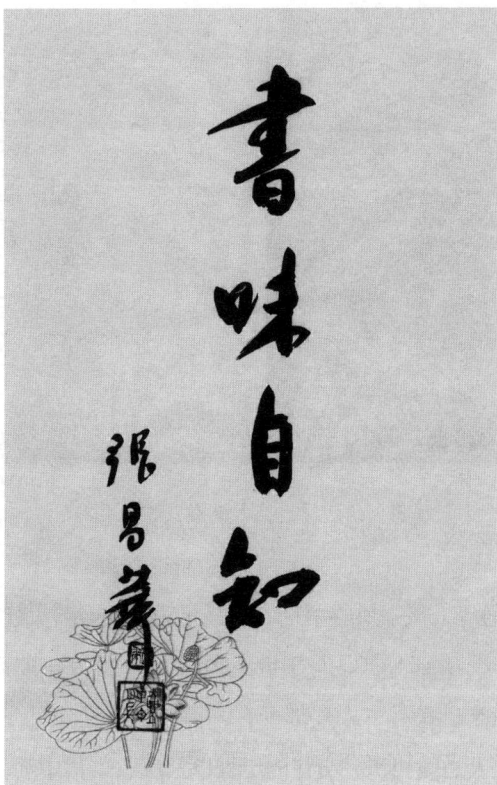

张昌华先生书法

这些先生们留下了珍贵的晚年影像，这也是该书题名之由来。《他们给我写过信》可以视作《我为他们照过相》一书的延续，书中所涉及的 29 位先生不少都已经在《我为他们照过相》中"亮过相"，两书可以说是互为补充。但由于《他们给我写过信》一书收录的信札是一手史料，相较于《我为他们照过相》就更有意思，更有情趣，也更有价值。

（二）

《他们给我写过信》一书最大价值就体现在其史料价值，如不是这些文化老人亲自提及，恐怕这些事就消失在历史的长河中了。如苏雪林在 1996 年 6 月 19 日信中提及她对唐德刚的评价，以及针对唐德刚对胡适"诽谤"的仗义抗争；张充和 2001 年 6 月 8 日信中对于胡适书法赝品的揭示，2005 年 2 月 1 日对于从废纸篓中捡藏胡适半幅字的说明；夏志清 2003 年 2 月 2 日信中对年轻时不甚得罪林语堂乘龙快婿黎明的回忆、2004 年 12 月 30 日信中对胡适当年看不起自己的微词、2006 年 5 月 27 日中对陈子善未得其同意而确定散文集《岁除的哀伤》中篇目而不快但最终释怀仍会与陈子善保持友善关系的直述、2007 年 1 月 29 日信中对《中国现代小说史》（*A History of Modern Chinese Fiction*）一书刚出版时，由于友人王方宇不甚在题名页上将"Modern"翻译成"近代"而害怕胡适、林语堂两位大师认为夏志清"近代""现代"二词乱用而没有将该书寄给胡适、林语堂原因的解释；聂华苓 2001 年 3 月 1 日信中坚持要求张昌华不得写其夫妇文章，并一再强调"夫妻之间的事，别人不能写!"时的愤懑；2007 年 7 月 20 日陈小滢坦诚母亲凌叔华"和记者说的话，多半是不属实的。她主要想突出她了不起的地方"……这些都是非常珍贵的一手材料，对于研究苏雪林、胡适、唐德刚、张充和、夏志清、聂华苓、凌叔华等人以及20世纪的文学史都有非常重要的参考价值。

梁启超在《中国近三百年学术史》一书中曾就清人不作清史而批评道："史学以记述现代为最重，故清人关于清史方面之著作，为吾侪所最乐闻，而不幸兹事乃大令吾侪失望。……故清人不独无清史专书，并其留诒吾曹之史料书亦极贫乏。"梁启超这话虽然针对的是清人，但也指出了中国历史书写的一个传统，即当代人不修当代史，当代史料一般也都由后一朝代编辑，著名的"二十四史"便是很好的例证，而《他们给我写过信》一书可以说是当代人为当代存史的又一典范。

（三）

《他们给我写过信》的一大遗憾就是没有收录张昌华先生的书信，据张先生所述，他寄出去的很多信都是留底的，假如把他自己的书信也辑录其中，那应该更有意思了。不过，虽然没有收录张昌华先生的去信，但我们还是可以从这29位先生的来信中不时地看到张昌华先生的影子，尤其是一位优秀编辑的身影。

读20世纪一些著名编辑如20世纪初期的孙伏园、王伯祥，20世纪后期的范用、沈昌文等人的论著，发现这些人都善于策划选题，善于"催稿""逼稿"，尤其是后者，令很多学者都"望而生畏"，但好书往往都是"逼"出来的！张昌华先生同样是一位善于策划选题以及"逼稿"的优秀编辑，《他们给我写过信》一书中 29 位先生的来信最早基本都是源于张昌华图书选题策划，而"逼稿"就更厉害了，连苏雪林先生都"求饶"（如在 1996 年 10 月 9 日的信中，苏雪林在信的末尾就写道"不必再逼我"），而柏杨夫人张香华女士也是多次在信中希望张昌华"千万不要着急"，由此可见张先生"逼稿"能力！但或许这也是张先生能成为一位著名编辑的重要原因吧！

（四）

从张昌华先生所撰前言《云中谁寄锦书来》可知，《他们给我写过信》所收书信只是张先生个人藏信的一小部分，即使是该书所涉及的这 29 人，还有很多书信没有收录，如董桥，张昌华先生保留有通信 210 通（含部分电子邮件），本书只收录 50 通；与顾毓琇的往来通信有 79 通，但本书只收录 43 通；与聂华苓的通信有 23 通，本书只选录了 13 通。张昌华先生在述及其与陈小滢的交往时，曾说道："今年，我方与小滢都学会用微信交流，不再写信了"，面对"书信"逐渐淡出历史的长河，不得不再次感叹一下：夕阳无限好，只是近黄昏。由此，也希望张昌华先生的藏信能更多地公之于众，以飨读者！

2021 年 8 月 23 日午后初稿于彭城云龙湖畔

一份独特的思政课作业

——《父辈的岁月——零零后口述家史》读后

（一）

前两日深圳胡洪侠先生在其公众号"夜书房"发布了"'夜书房'自选 2021 年度十大好书"，并为每本书撰写了推荐语，其中对于入选的张笑宇《技术与文明：我们的时代与未来》一书的评语，胡洪侠是这样写的：

1987 年出生、现居深圳的张笑宇，刷新了我对八零后作家或学者的看法。过去人们常常提到的那些八零后作家，我一向是敬而远之的。我觉得我和他们之间虽然互相尊重，但是无话可讲。他们懒得理我，我也找不到理他们的理由。张笑宇不一样，我和他似乎很聊得来，每次见面都不愁没有话题讨论，有时甚至连寒暄都顾不上，直接进入并未预设的话题。他好像和任何年龄的人都能聊得来。他竟然读过那么多书，消化掉了那么多硬核学问，掌握那

么多古今数据，且能把远在天边的故事讲得充满细节与理性。他又很善于倾听，一点也不自说自话、自满自大。他又很会讲道理，逻辑与趣味都用得很熟练，每每有条不紊，娓娓道来，似乎他的目的并非把你说服，而只是享受自己传道授业的过程。他又很坚持自己的观点，且勇于亮出自己所思所想，不怕别人反对，不怕自己孤独，相信只要路径正当，总能求得共识。

......

从上述文字不难看出"60后"的胡洪侠对于"80后"的一些看法，对此，作为"80后"的我可谓深有同感，我们这一代人曾经被贴上了太多的标签，如"被宠坏的一代""被溺爱的一代""自私的一代""没有担当、没有责任的一代"……由此，不禁想到2007年11月，在听北京大学钱理群先生所作的题为《关于民国那些人》的学术报告时，钱先生曾讲道：每一代人都有每一代人的问题，每一代人都被前代人看不起，但同时似乎又都不大看得起后面的一代。钱先生还以他个人为例，讲了作为"30后"的他以及同龄人被出生于1910年代、1920年代的前辈所"鄙夷"的故事。但是紧接着，钱理群先生也指出：每一代人虽然有每一代人的问题，但是每一代人都能找到解决这些问题的方法，肩负起他们应有的使命。时间确实也印证了钱先生的结论，从上文胡洪侠对于张笑宇的评价，以及目前各行各业中"80后"的表现来看，国家、社会似乎没有垮在"80后"手上。而"80后"的我们曾经似乎也看不起"90后""00后"，一度也给他们贴上了很多负面标签，但正如钱理群先生所说，时间应该也会证明"90后""00后"的历史担当，近日读到的江南大学汪春劼教授主编的《父辈的岁月——零零后口述家史》隐约已经能感受到这一点。

（二）

《父辈的岁月——零零后口述家史》一书由山西人民出版社2021年11月出版，系该社"不夜灯书系"之一种，该书收录了江南大学 36 位本科生撰写的"家史""家事"采访稿，这些文章最初是为完成该书主编汪春劼教授在江南大学所开设的思政课程的作业。2020 年春季，一场突如其来的新冠疫情打乱了各行各业的节奏，"网课"成为教育领域的一个新名词，居家授课为这些学生完成这份特殊的家史作业提供了特殊的机会。

江南大学这 36 位同学利用居家的机会采访了自己的祖辈、父辈，了解家庭过去的故事，这 36 位同学来自山东、江苏、吉林、新疆、浙江、河北、湖南等 14 个省市，而他们所采访的家长（主要是祖辈），有抗美援朝的老战士，有面朝黄土背朝天的农民，有英年早逝的人民教师，有支援三线的老工人……书中收录的这些"00 后"祖辈们除少数出生在 20 世纪 20 年代、30 年代外，大部分都是"40 后"，其中不少都是在中华人民共和国成立前后一两年内出生的，可以说是共和国的同龄人，"社会主义改造""人民公社""文革""包产到户"……共和国所有的重大事件都能从这些人的叙述中找到影子。记得歌曲《国家》中有一句词"家是最小国，国是千万家"，《父辈的岁月》书中所记述的这些普通人物的经历，不仅是平凡人家的家史，更是一部别样的国史。

除了采访文字之外，书中每一篇作业最后都附有主要人物的大事年表以及家中第一次使用电灯、自行车、自来水、电视机、固定电话、电脑、汽车、电冰箱、Wifi 等设备的时间，这应该也是汪春劼教授专门要求的，这些年表、电气设备使用时间以及采访稿中诸多数字（如学费、工分、工资数、补课费用与家庭收入等），不仅具有强烈的时代气息，更是具备了独特的社会经济史研究价值。从某种程度而言，《父辈的岁月》中的主人公年龄并不是很大，我的身边也有不少这一年龄段的人，相较于《父辈的岁月》中，我身边的这一群体中不少人的第三代还处于嗷嗷待哺阶段，有些甚至还没有第三代，但是《父辈的岁月》一书中这一群体的第三代已步入大学，婚育年龄有时或许也是分析文化、经济、教育情况的一个重要参照指标。

综而言之，《父辈的岁月》一书中的大部分人物都属于社会的底层，他们的经历更多地折射出中国社会底层民众的情况，主编汪春劼教授特地选取这 36 份作业，或许也想表明其取向，由此而言，《父辈的岁月》提供了另一种由下而上的历史视角。

（三）

作为口述史家族的新成员，《父辈的岁月》一书无疑是独特的，从严格的口述史流程来看，该书中很多成果都"不规范"，但是这并不影响该书的价值。关于历史研究或历史论著的价值的讨论，众说纷纭，纷繁复杂，但是我想最基本的一点就是"理解"，我们不妨看看书中这些"00后"写下的文字：

了解自己的家族史后，也更能体谅老一辈人的心酸。以前的我一直不明白什么是传承，而这一刻，我好像有了些头绪。

——孙月

从前我总是不能理解为什么姥姥总是要求我们吃光碗里的最后几粒米，为什么要看起来过分偏执地节约水电，如今我能够实实在在地理解了。

——刘于维

姥姥的一生有苦难有波折，有奋斗有热血，岁月在她脸上留下了痕迹，但也赋予了她无可替代的沉淀与魅力。她如同一叶扁舟，在时代的浪潮中直挂云帆，斩浪前行。回复她的往事，我明确了青春的意义和奋斗的价值。

——张苗

我想，也许历史中的那些平凡人物，才最接近真实社会里的我们。他们对外界的大环境无力改变，只能努力适应这个疾苦的人间。如果把我们放到那个年代，或许未必能比先辈们做得更好。或许从今以后，我需要从另一个角度体会历史了。

——王红敏

……

从上述这些文字可以看出，这些"00后"已经开始走近历史，理解历史，而从这一角度而言，汪春劼教授的思政课成功了！

2021 年 12 月 27 日于徐州云龙湖畔

第二辑

图书馆学走向大众的一次伟大尝试
——读《图书馆学是什么》

2008年3月北京大学王子舟教授《图书馆学是什么》一书由北京大学出版社出版，该书是北大出版社"人文社会科学是什么"系列丛书之一，《图书馆学是什么》一书的出版对于图书馆学界来说无疑是一件值得高兴的事。

综观全书，《图书馆学是什么》是非常有特色的一本书。首先从"外在"的角度而言，该书特色主要体现在人性化的设计上，具体表现为：（1）书中的重要概念及解释都用黑体字标出，表明这些概念是图书馆学中重要的基本概念，掌握理解这些概念对于理解图书馆学有着重要的帮助；（2）每章书后配有空白页留给读者做阅读笔记之用；（3）书中配有书签并附有作者的联系方式，方便读者与作者交流。这些设计看似微不足道，却充满了人文关怀。

其次就"内在"而言，本书亦特色鲜明，可以从以下三方面来看：

（1）定位。该书与《图书馆学基础》《图书馆学导论》等教材相比，脱下了教材严肃的外衣，变身为通俗读物，应该说这是图书馆学界的一次伟大尝试。该书的读者定位主要为广大人文社会科学的爱好者，但是同时又兼顾图书馆学专业人士特别是从事图书馆工作不久或刚学习图书馆学的青年学子阅读需求。当下社会，大众对于图书馆学、图书馆的认识都存在一定的偏差，甚至存在很深的误解，"去图书馆化"现象比较严重，而该书的推出对于改变这种状况也许会有一定的帮助。

（2）结构特色。作者在全书章节的安排上并不是像以往的图书馆学论著，而是根据作者多年的图书馆实际工作经验及图书馆学教学过程中遇到的十个频率较高的问题，逐一解答，设计了"图书馆学是研究什么的，图书馆学的基本内容有哪些，学了图书馆学有什么用途，图书馆学是如何产生发展起来的，图书馆学大家及其贡献有哪些，图书馆学专门方法有哪些，书籍的发展及未来的命运是怎样的，图书馆的发展及未来的命运是怎样的，图书馆职业有怎样的发展前景，图书馆学研究的趋势和重点是什么"十个章节。可以说这种根据问题来设立章节的形式在现有的图书馆学论著中亦比较新颖，因此这也构成了本书的另一大特色。

（3）内容特色。内容上第一个特色就是通俗性与直观性。由于该书是一本通俗读物，因此通俗性就自然成为本书最主要的一个特点，具体表现为作者避免使用很专业的术语，在对一些重要的概念的解释上也辅以大量通俗易懂的语言，并且会举一些直观形象的例子。如作者在谈到"元数据"和"数据"两个概念时就很好地利用了一个"铁"的例子：

事物名：铁

类　　别：化学元素

.

.

原子量：55.847

作者在书中是这样阐述的：左边的铁的属性就是元数据（描述其他数据性质或特征的数据，为被描述数据提供语境说明）；右边相应属性值就是数据（能被记录和存储在数据库中的已知事实）。通过类似这种直观的阐述读者就能容易地掌握一些概念，从而更好地理解全书的内容；第二是广泛性与交互性。作者在书中不仅向我们介绍了图书馆学的知识，还间接介绍了其他诸如目录学、文献学、历史学、社会学、经济学、科学学等学科的知识。如在"开头的话"中阐述"图书馆学是不是一门科学时"就介绍了许多科学学中的知识；在揭示图书馆学的研究对象时作者又从社会学中给社会学下定义的途径引出图书馆学怎样确定研究对象；在第三章"学了图书馆学有什么用途"时介绍了很多目录学方面的知识。通过这些我们可以发现图书馆学并不是一门孤立的学科，而是和许多其他学科有着密切联系的；第三则是《图书馆学是什么》一书体现出的前瞻性。作者通过该书向我们展示了许多最新研究成果和心得，如在阐述未来图书馆的基本形态时，作者认为未来图书馆应是"平等、自由获取知识的公共基础设施网；是虚拟空间、物理空间相结合的实体场所；是逐渐淡化的虚拟空间边界的知识资源机构；是集信息、学习、娱乐、休闲为一体的社区中心"；图书馆学研究的趋势和重点将转向"知识"领域。这些前瞻性的研究心得对图书馆学专业人士来说都是有一定的指导意义的，对其他一般读者来说也能增加他们对图书馆学的兴趣。

总体而言，《图书馆学是什么》是一本非常不错的书，但笔者认为该书是有一点缺憾的：书中作者对图书馆实际工作的介绍较少，图书馆学与图书馆工作二者有着密切的联系，通过增加对图书馆实际工作的介绍，也能让大众对图书馆有一个更全面地了解。并且书后的推荐书目笔者认为作者的书目比较侧重古代和近现代图书馆学著作，当代的图书馆学论著偏少，因此可以增加一些当代图书馆学方面的论著，让读者能了解到图书馆学最新研究成果及进展。

瑕不掩瑜，《图书馆学是什么》不仅对图书馆界人士有所帮助，更有助于社会大众全面地了解图书馆学，消除原先对图书馆学的一些误解，这对促进我国图书馆事业的发展都是大有裨益的，我们必须感谢王子舟教授。当然，我们更期待能有更多的专家学者推出这方面的书籍，让图书馆学全面地走向大众！

（本文原载于《新世纪图书馆》2009年第6期，收录时有删改）

附记：

2008年，当我还是苏州大学图书馆学专业的一位本科生时，一次，邹桂香老师在其课堂上向我们推荐了王子舟先生的《图书馆学是什么》一书，下课后不久我便去图书馆借来阅读，而读完该书后，颇受启发。图书馆学在庞大的学科体系中，向来是属于比较"弱小的""袖珍的"学科，很多人都不知道有图书馆学这门学科，更不要说清楚图书馆学是研究什么的了。我认为王子舟先生这本书对于推动图书馆学走向大众，以及对刚走进图书馆及图书馆学领域的青年学子有一定的帮助和启发。于是根据这些想法，我写了一篇《图书馆学走向大众的一次伟大尝试——读〈图书馆学是什么〉》，这篇小文并不长，只有三千余字，写好后以试试看的心态将此文寄给江苏的《新世纪图书馆》。那时对于投稿之事不是很懂，此举纯粹就是"投投玩玩"，没抱什么希望！不过让人意外的是，没过多久，我竟然接到了《新世纪图书馆》编辑部的录用通知，对于一位大二的学生而言，当时的心情绝对可以称得上"激动至极"！这可是我被录用的第一篇专业文章啊！而且在版面费大行其道的时代，时任《新世纪图书馆》常务副主编彭飞老师得知我只是一名本科生的时候还果断地免去了我400块钱的版面费，这对于我日后坚定走学术这条路可以说是起了很大的鼓励作用的。

不过，这篇书评在发表过程中也经历了一些波折，由于我只和彭飞老师联系过，彭老师可能也因为工作忙没有及时告知编辑部其他老师，导致编辑部因没有收到我汇去的版面费而迟迟未安排发文，经过数次电话沟通之后，这篇"丑媳妇终于见了公婆"，而此时已是2009年的年底了。

虽然，现在回头再去读这篇文章，感觉极其稚嫩！不过，这毕竟是值得纪念的一件事。人一生中对于各种第一次的印象都比较深刻，而我学术道路上的第一篇成果，自然也是牢记在心中，也许若干年后当有人问我一共发了多少篇文章的时候，我不一定会立刻回答出来，但是问我第一篇文章是什么时候发的，写的什么，我肯定记得很清楚！

2021年10月23日补记于彭城云龙湖畔

《书于竹帛：中国古代的文字记录》读后

近日因课业需要，拜读了钱存训先生的名作《书于竹帛：中国古代的文字记录》，说来惭愧，此书我早已知晓，曾经也翻过，但却没有认真读过。我读的版本是上海书店出版社 2003 年 7 月所出的本子，系该社"世纪文库丛书"之一。世纪文库是上海出版集团为了系统整理和充分展现其文化学术资源，进一步拓展文化视域，大力推动中国学术创造与前进步伐所出的。该文库分为两大类，著作类和译著类，内容涉及人文社会科学的各个领域，入选该文库的著作都是经过时间检验确属学术精品的图书，我们熟知的王国维的《人间词话》、梁启超的《清代学术概论》、王力的《汉语释律学》、梁漱溟的《中国文化要义》、吕思勉的《中国制度史》等都在该文库之中，由此也可见钱存训先生的《书于竹帛》一书之地位与价值。

（一）

钱存训（Tsuen-Hsuin Tsien）先生，1910年出生于江苏省泰县（今江苏泰州市），1932年毕业于金陵大学（今南京大学），获文学学士学位，1952年、1957年分获美国芝加哥大学图书馆学硕士学位和博士学位。钱先生赴美前曾先后担任南京金陵女子大学图书馆代理馆长、上海交通大学图书馆副馆长、北京图书馆南京及上海办事处主任等职。赴美后曾任美国芝加哥大学东亚语言文明系兼图书馆学研究院教授、远东图书馆馆长和夏威夷大学客座教授等职，现任芝加哥大学东亚语言文明系荣誉教授、东亚图书馆荣誉馆长、英国李约瑟科技史研究所荣誉研究员、中国国家图书馆顾问、美国中国出版服务公司董事长等职。钱先生主要致力于中国书史、造纸印刷史、中外文化交流史、图书目录学的研究，出版有《书于竹帛》《中国纸和印刷文化史》等专著十余种，论文百余篇。

（二）

《书于竹帛》是钱存训先生的代表作，该书的雏形是钱存训在芝加哥大学的博士论文《印刷发明前中国书和铭文的起源和发展》（*The Pre-printing Records of China: A Study of the Development of Early Chinese Inscriptions and Books*），后在博士论文基础上加以修订，改名为《书于竹帛：中国古代书籍和铭文的起源》（*Written on Bamboo and Silk : The Beginnings of Chinese Books and Inscriptions*），由

美国芝加哥大学出版社于1962年正式出版，系"芝加哥大学图书馆学研究丛书"之一，1963年及1969年先后两次重印，2002年增订再版。

《书于竹帛》中文本第一版根据周宁森博士译稿修订，名为《中国古代书史》，1975年由香港中文大学出版社出版，1981年再版。1980年东京政法大学出版社出版了该书的日文版。1987年，北京大学图书馆学系时任教授郑如斯先生将20世纪70年代以来新发现的考古资料补入该书正文和附注，以《印刷发明前的中国书和文字记录》为题由北京印刷工业出版社出版，该版即中文修订版。1990年韩国金允子女士根据郑如斯先生增补本将其译成韩文，并增加彩色插图15幅，改题为《中国古代书史》，由汉城东文选出版社出版，1999年再版。1996年钱存训先生与郑如斯教授合作第三次对中文本做了增补，题为《书于竹帛》，由台北汉美图书公司以繁体字排印出版。2002年，中文第四次增补版，题为《书于竹帛：中国古代的文字记录》，由上海书店出版社出版，即我阅读之版本（《书于竹帛》相关版本信息可参见钱存训先生"《书于竹帛》写作缘起"及《留美杂忆》中有关信息）。

（三）

《书于竹帛》一书系统研究和介绍了印刷术发明之前中国文字的书写、材料、记载与编排方式以及书籍制作技术的发展演变。作为论述中国书史的第一部英文著作，全书内容考证详实，以缜密流畅的叙述和深入浅出的语言，探讨了上至殷商，下迄初唐间，中国文字记录的发生和发展，以及对后来中国印刷术的发明和中国书籍制度的影响。该书出版后得到了国内外诸多好评，很多著名的学者也都就此书写过专门的评论或介绍，如李约瑟博士就认为该书足以作为卡特的经典之作《中国印刷术的发明及西传》的姊妹篇，不少图书馆学院校及汉学研究人员也都把该书列为必读书目之一！此处，我记录的仅是我个人在阅读过程中的一些想法：

《书于竹帛》一书让我印象最深的就是钱先生在第一章"绪论"中所表现出的一位流寓海外数十年的中华游子身上浓浓的中国文化自豪感，或许钱先生撰写该书时内心是矛盾的，一方面对于自己国家灿烂的文字文化感到自豪与激动，另一方面又为其他国家不了解中国文化而感到一丝丝的伤心，也许正是这些许伤心给了钱先生巨大动力，他要写出更多反映中国文化的东西，把这些东西介绍给西方，让他们更加了解中国，了解中国悠久灿烂的文化。但是，反观现实，当下又有多少人对于我们的文字还有这种崇敬之情呢？尤其是年轻的一辈，在他们看来，学好外语远比学好汉语重要！当然，我并不否认外语的重要性，但是我们必须清楚地认识到，外语只是一种工具，有些人外语学得很好，但是初到西方与人交流时仍然会有障碍，为什么，因为他们学到的只是"形"，没有领悟到"神"，每一种文字都是在特定的文化环境下产生与发展的，就像钱先生在这本书中探讨我们的汉字的时候，还探讨了古代的官书、档案、史官制度等，因为这些都和文字是密切相关的，是文字文化的重要组成部分。当前，中国对于外语尤其是英语学习的过分推崇，达到了一种近乎"疯狂"的状态，世界上除了英语国家之外估计没有一个国家像我们国家这么狂热。与此相反，由于大量的时间用在外语学习上，我们的母语则被忽视了，大街上错别字随处可见，或许我们都应该好好读读钱先生的这本《书于竹帛》，感受一下我们现在用的每一个汉字，书写的每一张纸所经历的不平凡的历程！

钱存训先生早年在金陵大学读书时曾写过一篇《图书馆与学术研究》的文章，在该篇文章中钱先生就提出："所谓学术研究者，乃搜集关于某一问题或某一事件之零碎事实，加以整理及解释，注重其原理与事实之科学探讨，寻得其间之相当关系，使其事实贯穿，成为一有系统之具体新产物，而有参考价值也。"（《金陵大学文学院季刊》1931年第1卷第2期）而《书于竹帛》这本书很好地诠释了钱先生当年对于学术研究的理解，从全书的内容看涉及印刷术发明之前的诸多"零碎"方面，如第三章在论述金文和陶文时，就从金文的性质、类别、款式、用途等角度阐述，举了大量的例子，其中还列举了镜铭和货币文字，而这两种是常人容易忽略的东西，但是钱先生却注意到了，并把这些内容加以整理和解释，为全书的论述提供了很好的佐证，增加了文字的说服力！这种研究方法还是很具有启发与引导意义的！

此书另外一个特色，就是图文并茂，书中配备了33幅图表，使读者对于许多知识得以有直观的感受。另外书中对于大量数据的引用也是一大亮点，因为中国传统的人文社会科学大多属于定性的研究，而读钱先生的这本书会发现，书中运用了大量的数据，数据的使用有利于弥补传统定性研究的不足，从而增加本书的说服力与参考价值。由此，也想到当下中国人文社会科学领域大肆引入定量研究，特别是社会科学领域，尤为明显，就我所在的图书情报领域来说，这两年不难发现许多学术期刊越来越喜欢刊载所谓的"定量研究"范式文章，这些文章的特点就是构建一个所谓的模型、配备一些"复杂"的公式等，当下不少年轻人都特别热衷此道。图书情报领域确实需要定量研究或实证研究，以弥补传统定性研究之不足，但凡事不能太过，太过即容易矫枉过正，浏览了一下当前图书情报领域的那些定量研究论文，不少都缺乏必要的理论基础、空洞无物，更有甚者为过分追求"数据"而不惜造假！前一段时间在南大召开的"2011海峡两岸三地图书情报与档案管理博士论坛"上，南开大学的柯平教授也曾就此问题提出了他的看法，他呼吁博士生在注重定量研究的同时不能忽视基础理论的作用！人文学科研究中需要定量的内容，但是一定要合理使用定量，与定性要协调配合！

　　上文所写的内容可能与钱先生这本书关系不大，但的确是我在阅读过程中或阅读完之后的真实想法！

2011 年 9 月 21 日于南大南园

大数据时代的生存之道

——《大数据》读后

　　在许多人的观念里，图书馆一直是一个地方或者组织的信息中心（Information Center），曾经美国国会图书馆的确是全世界最大的信息中心。然而，近数十年的发展，尤其是计算机信息技术的快速发展，美国国会图书馆作为"最大信息中心"的地位已经"黄鹤一去不复返"了。据美国麦肯锡全球研究所 2009 年对美国各行业拥有的数据量所做的调查结果显示，包括传媒业、银行业、教育业、零售业、保险业等 17 个行业中，已经有 15 个行业的大公司平均拥有的数据量超过了美国国会图书馆。2010 年，全球企业一年新存储的数据就超过了 7000 拍字节（PB），全球消费者新存储的数据约为 6000 拍字节，这相当于十多万个美国国会图书馆的藏书（数据见《大数据：正在到来的数据革命，以及它如何改变政府、商业与我们的生活》，301—302 页），人类社会已经不折不扣地进入了"大数据（Big Data）"时代。

2012 年 7 月，广西师范大学出版社出版了美籍华人涂子沛先生的《大数据：正在到来的数据革命，以及它如何改变政府、商业与我们的生活》（下文简称《大数据》）一书，为我们深刻阐述了大数据——这一新的世界大潮——的来龙去脉以及在大数据时代的生存之道，读罢颇受启发。

《大数据》一书，除序言外，共分：序幕"新总统的第一天"、上篇"帝国风云"（共四章）、中篇"法则博弈"（共三章）、下篇"公民故事"（共三章）、外篇"天下趋势"（两章）以及最后尾声"挑战中国：摘下'差不多先生'的文化标签"。除去尾声之外，前面的内容可以很清晰地归纳为三部分内容，就是大数据时代政府、企业、公民个人三者的生存之道。大数据之"大"，一方面是指数据容量之大，但其更多的意义在于人类可以"分析和使用"的数据在大量增加，通过这些数据的交换、整合和分析，人类可以发现新的知识，创造新的价值，带来"大知识"、"大科学"、"大利润"和"大发展"（《大数据》，57 页）。

因此，在政府层面，作者以"新总统的第一天"，即奥巴马总统入主白宫第一天签署的最重要的一个文件《透明和开放的政府》（*Transparency and Open Government*）为引子，这也奠定了全书的一个基调，就是政府在大数据时代最重要的一项使命便是——透明、开放，而如何做到透明与开放，最关键的就是要向公众开放各种数据，作者在书中举了美国历史上大量的实例，证明政府开放数据是大势所趋。很多官员也许会担心数据公开不利于政府的管理，但事实证明，公开数据反而有助于政府决策的制定，在美国，有六股力量能改变政府的决策，分别是公共知识分子、新闻界、民调机构、公益组织、国会和法院（《大数据》，178页），除国会和法院是属于制度层面的力量之外，其他四股力量都是属于社会力量，而这些社会力量很多都是依据政府公布的数据来验证政府施政的效果，或判断政府决策的可行性，或为政府提供决策建议，通过数据，政府与社会形成了一个很好的"互动"，而这最终也是助益政府之管理。然而政府除了在开放数据的同时，更关键的是制定"大数据"时代的数据发展战略，以期更好地利用这些海量的数据，第三章"数据治国"，便是讲述了美国联邦及地方政府运用数据进行管理的成功实例，如对交通事故数据的分析，制定合理的交通管理政策，大大降低了美国交通事故的发生率；对公众医疗数据的挖掘，有效地遏制了公众滥用美国政府的福利……

各种企业，要想在大数据时代很好地生存，同样也需要对数据进行充分的开发与利用。美国零售业中的沃尔玛是众多企业中善于运用数据的一个典范，著名的"尿布加啤酒"营销策略，就是基于对数据的分析而制定的。然而除此之外，2004年沃尔玛利用数据挖掘发现每次飓风来临，一种袋装小食品"Pop-Tarts"的销量就会明显上升，后来研究人员发现，Pop-Tarts销量上升，一是因为美国人喜欢甜食，二是因为它在停电时吃起来非常方便。从此，每次飓风来袭之前，沃尔玛就会提高Pop-Tarts的仓储量，以防脱销（《大数据》，98页），没有数据挖掘，Pop-Tarts与飓风的微妙关系就难以被发现。以搜集分析技术为主要功能的商务智能技术，对于提高企业运营效率，帮助企业总结发展过程中的模式，改善企业预测未来的能力有着重要的作用，因此，大数据时代的企业要想更好地生存发展下去，商务智能将是其重要的帮手，因为在大数据时代，数据就是直接的财富、核心的竞争力，数据兴则企业兴，数据强则企业强（《大数据》，308页）！

然而，很多读者最关心的还是我们个人该如何应对大数据时代来临的挑战呢？随着电脑与手机等移动终端的普及，可以说，我们每天都要产生大量的数据，因此，在大数据时代，我们首先要有一种强烈的个人数据保护意识，充分争取并维护个人的隐私权。而在保护好个人隐私数据的同时，也要积极参与到政府的管理中，当下各国政治发展的一个重要方向就是建立一种"协作性"的政府运行模式，而这就要求公民积极参与进来，利用政府公开的大量数据服务社会，《大数据》一书中也举了不少公民利用数据服务社会的案例，如程序员利用美国交通部开放的全美航班起飞、到达、延误的数据开发了航班延误时间的分析系统，并免费向社会开放；又如一名用户利用美国联邦调查局和美国疾病控制中心公开的数据，分析揭示出了一个地区居民拥有枪支的多少，与该地区的治安情况没有必然的联系等（《大数据》，209—217页）。

本书的作者涂子沛先生，曾经在中国有过十年的公务员经历，又旅居美国多年，因此他在书中尤其是尾声部分，即《挑战中国：摘下"差不多先生"的文化标签》一文中，提出了诸多值得当下中国政府、企业及个人深思的命题，并且指出"大数据战略——重新洗牌全球格局，美国再一次领跑世界；中国却很可能再失良机而浑然不知"（《大数据》，护封页），"如果在这个数据意义凸显的时代，我们还抓不住这些历史机遇，继续漠视数据、拒绝精准、故步自封，等待我们的，还将是一个落后的100年"（《大数据》，323页），这些内容细细读来，确实引人深思。

《大数据》一书是值得细细品读的一本书，除了内容之外，涂子沛先生在谋篇布局上也非常照顾读者的感受，具体表现为：第一，凡是文中涉及的特定名词，如人名、概念等在侧边空白处都有详细的解释；第二，文中涉及的诸多美国政府机构，作者在书后也附有中英名称对照表，方便读者查询；第三，作者在文中多次引用到了享誉世界的美国统计学家、管理学家爱德华·戴明（Edwards Deming）的一句话，"我们信靠上帝。除了上帝，任何人都必须用数据来说话。"作者本书的撰写过程中也很好地贯彻了这一思想，运用了大量的数据、图表，使读者能够很直观地了解文中的内容；第四，书中涉及的重要内容段落，作者都会以注释的方式标出英文原文，这对于读者进一步查找相关内容也是极有帮助的。

然而，此书并不是完美无缺，有些地方还是存在一些问题的，如在阐述"知情权（the right to know）"的时候，认为"1945 年 1 月，美联社执行主编库柏（Kent Cooper）率先在美国提出了'知情权'的概念。"（《大数据》，17页）那事实是不是这样呢？据笔者阅读相关资料发现，"知情权"这一概念最早是由美国最高法院大法官威尔逊在1791 年第一届美国国会上针对国会议事录是否应向公民公开的问题提出的，他指出，人民有权知道他们的代表正在做什么、已经做了什么。除此之外，由于排版或其他一些原因，部分英文词组存在一些拼写错误。然而，瑕不掩瑜，这些并不影响我们对《大数据》一书的研读！

2012 年 11 月 9 日于南大南园

（原载于《今日阅读》2012 年第 4 期，总第 16 期）

六秩光阴对琅嬛，百万著述遗书苑

——《潘树广自选集》评介（外一篇）

（一）潘树广先生小传

潘树广，广东新会人，1940年1月2日（农历己卯年十一月二十三日）出生于上海广慈医院（家排行第六），1944年，由其二姐潘础馨发蒙教读诗书，1945年7月入上海私立澄衷小学读一年级，1946年随父母返回广东新会入潮连德馨小学继续学业，1948年由穗返沪入岭南小学，不久后再度返回广州，1950年回沪继续岭南小学学业。1951年入岭南中学，其间于1952年在商务印书馆《新儿童世界》杂志发表第一篇习作《种玉蜀黍的经过》，1953年与同学创办《谊讯》杂志，1954年考入格致中学高中部，1957年7月毕业。潘树广先生早年于上海读书期间，经常往返于福州路之各大书店，涉猎文学、科技、音乐、美术等书刊，培养了广泛的兴趣，同时也激发其强烈的写作欲望，养成了勤练笔的习惯。

1957 年格致中学毕业后，考取南京师范学院（今南京师范大学）中文系，南师中文系严谨、求实的治学精神也深深地影响了潘树广先生，成为他日后研究的基本坚守。在南师求学的四年中，潘树广在《南师校刊》《共青团员》等刊物上发表文章多篇，1961 年 8 月毕业分配至江苏师范学院（今苏州大学）中文系任教，从此在姑苏这片土地上开始了四十二载的杏坛生活，历任苏州大学中文系讲师、副教授、教授，其间于 1993 年获国务院颁发的"政府特殊津贴"。2003 年 8 月 2 日因病于苏州大学附属第一人民医院离世。

潘树广先生一生主要从事中国古典文学、文献学的研究，旁及辞书学与编辑出版学，共出版各类著作 14 种，发表文章 160 余篇，其中代表作包括：《古典文学文献及其检索》《书海求知》《古籍索引概论》《中国文学史料学》《文献学纲要》等。

（二）《潘树广自选集》简介

2001 年 11 月，潘树广先生手术后不久便开始整理《潘树广自选集》，后因病情加重，未得集中精力完成文集编选工作。潘先生去世之后，其学生为纪念潘先生决定出资出版《潘树广自选集》，该书由江苏大学出版社于 2012 年 9 月正式推出。

《潘树广自选集》在潘树广先生自定论著目录基础上又有所增补，全书共七十万字，书前冠有潘树广先生照片多帧及南京大学徐雁教授序言一篇，正文共分七个部分，辑录文章 104 篇，分别是"语言文学篇（收文 12）""文献学篇（收文 18）""辞书学篇（收文 14）""编辑出版篇（收文 23）""散文杂著篇（收文 13）""自序和自述篇（收文 17）""增补篇（收文 7）"。除正文外，还有附录 4 篇（《潘树广著述目录》《潘树广文章目录》《潘树广自订年谱（1940.1—1996.1）》《潘树广年谱（续订）（1993.3—2003.8）》）以及潘树广先生夫人诸美芬老师后记一篇。

（三）《潘树广自选集》所反映的潘树广先生治学特点及精神

通过研读《潘树广自选集》中所收录的文章，笔者发现这些文章不仅展示了潘树广先生的治学历程，更反映了潘树广先生治学的特点及精神，概而言之，潘先生的治学特点及精神主要体现在如下四端：

一生只为"文献"谋

《潘树广自选集》收录的 104 篇文章中，与"文献"或者说"文献学"有关的文章所占比例最高，由此也能看出"文献学"是潘树广先生治学的中心。潘树广先生通过自身研究及教学经历发现文献学是根基所在，"离开文献学的根基，一切理论概括或鉴赏分析都成了无源之水、无根之木"（362 页），"舍此则无法进行文学史的理论构建"

（15 页）"文献工作不搞好，近代文学的研究便难以深入"
（47 页）……这些关于文献学重要性的论述在这些文章中
随处可见。然而文献学虽然很重要，但不是全部，文献学
只是一种治学方法，潘先生在论述文献学重要性的同时也
不忘提醒读者不能过分依赖文献学，否则容易"只见树木
不见森林"（16 页）。由于意识到了这一点，潘先生就将
文献学研究的重心放在了"文献检索""文献利用"上面，
由此便涉及索引、目录、各种辞书的研究，而这些研究，
其本质仍然是为了让大家更好地检索文献、利用文献。潘
先生后期触及编辑学、出版学的研究，其源流仍然是在文
献学，之前的研究是侧重于文献的检索和利用，属于文献
工作的下游环节。那么文献是如何产生的呢？这就是涉及
到编辑学、出版学的相关内容，即文献工作的上游环节。
潘树广先生自己也说："……我过去主要教学生如何查找、
利用文献，对文献的生产、加工、传播没有深入研究。因
此我要认真学习编辑出版的理论与方法，边学边做。这样
既可给学生多提供一些实用的知识，也可充实自己文献学
的研究内容。"（250 页）而这些也是潘先生"大文献学"
思想的根源所在。

　　通过阅读《潘树广自选集》一书，不难发现潘树广先
生"一生只为文献谋"，"文献""文献学"俨然成为其难
以割舍的东西。

广泛涉猎，为我所用

阅读《潘树广自选集》中的文章，不得不佩服潘树广先生涉猎之广，文学、史学、图书情报学、音乐，甚至药学等都有所触及，潘先生在涉猎这些学科的内容时能够敏锐地从中汲取所需的养料，并将其移植到自己的研究之中。如参考情报学中"情报用户"概念提出"辞书用户"（197页），借鉴史学中的史料划分及图书馆学中的一次文献、二次文献、三次文献的概念将文学史料划分为"第一层位的文学史料、第二层位的文学史料、第三层位的文学史料"（17—24页），又如通过对初中、高中的教材及考试试题的涉猎，发现研究的问题……这些也从一个侧面反映了潘先生的"好阅读""善阅读"。

"雕龙"与"雕虫"并举

一位好的学者都应该具备两套笔法，一套是撰写规范的、严谨的学术论文，以此表达其对某问题的看法，志在"雕龙"，另一套则是撰写随笔、自由谈、散文等，以表达自己的情感或感悟，善于"雕虫"。"雕虫"之文在学术普及方面的效果往往还高于"雕龙"之文，我们发现过去的一些著名学者，大多是既善"雕龙"又善"雕虫"，而当下学者很少有甘于"雕虫"之人，这一方面固然和当下的学术评价体制有关，然而与学者自身的学术使命感、担当感亦有联系。纵观《潘树广自选集》中所收录之文，不难发现，潘树广先生也是一位既善"雕龙"又善"雕虫"的好手，一方面能撰写发表在学术期刊上的一两万字的学术宏文，另一方面也能撰写发表在普通报纸上的数百字的精悍小文，而这些小文中有不少是针对中学生读者的，由此也能反映潘先生的学术使命感，而这也值得当下学者学习。

文风扎实谨严

1995 年潘树广先生在为周毅等著的《信息学概论》撰写的序言中谈到"文风，实际上是学风和学问功底的反映。当前某些'论著'的文风，或华而不实，花拳绣腿；或故作艰深，概念混乱，观点隐晦，读者摸不清他们说了些什么（也许连他们自己也没有搞清）……"（285 页）。《潘树广自选集》所收录的潘先生的文章在文风上可说是既谨严，又深入浅出，可读性颇佳。而这些文章的文风上也反映了潘先生做学问的严谨，不少文章都是在通过广泛调研、阅读的基础上撰成的，如对于高校开设文献检索课的文章，都是在对大量高校做了问卷调查之后如实撰写的，又如不少书评也都是在广泛阅读国内外同类书的基础上撰成的，这些不正是当下大力提倡的所谓的"实证研究"吗？

正如潘先生所说的，扎实的文风背后其实是其扎实、严谨的学风与学问功底，而这同样是值得后来者学习。

（四）《潘树广自选集》一书的不足

《潘树广自选集》该书内容虽然颇佳，然而在编排上却存在一些不足。该书正文部分共分"语言文学篇""文献学篇""辞书学篇""编辑出版篇""散文杂著篇""自序和自述篇""增补篇"七个部分，然而仔细阅读各部所收文章发现有些文章归类有待商榷，如增补篇的几篇完全可以拆散放到前面六部之中；"编辑出版篇"部分多辑录的是潘先生的书评文章，因此可以和其他部分中的书评类文章重新结合另立"书评书话篇"；而"编辑出版篇"中文章如"《中国百科年鉴》的人物资料——兼谈《中国百科年鉴》的索引"其实是谈索引的，因此放在"辞书学篇"中似为更妥；又如潘先生所撰序跋，该书将其分为自序与为他人所撰两部分，自序部分单独辑为一类，而为他人所撰序言则根据内容打乱，笔者认为也可以将这些序言全都放在一起单独入"序跋"类。

除去文章入类问题之外，本书还有一个缺陷，那就是书后未编索引，本书共 70 万字，篇幅达 511 页，如在书后编制一个索引则能大大方便读者利用本书，而编制书后索引不也是潘先生所积极提倡的吗？

当然本书在校对上也有一些不仔细的地方，如《潘树广著述目录》中所录《学林漫笔》一书，该条目下面有一行字"该书将由东南大学出版社 2002 年 5 月出版"（419页），实际上该书早已出版，所以就不应该用"将"。

上面所谈到的几点不足，主要是指《潘树广自选集》一书形式上的，而其内容仍然是具有较高的价值的，值得同好一读！

（注：文中括号中所注页码，都是《潘树广自选集》一书中的对应页码）

2013 年 1 月 18 日于荆邑味斋

外一篇：《文献学纲要》读后

关于文献学的学科体系，历来有"古典"与"现代"之别，古典文献学是以古籍为主要研究对象，以目录学、版本学、校勘学、训诂学等为主要的支柱，而以文史哲为主要学科领域，所以目前国内研究古典文献学的主力主要分布在中文系及历史系。而现代文献学主要是以日新月异的多语种文献为研究对象，以信息技术尤其是计算机网络技术为依托，因此目前国内研究现代文献学的主要在图书馆学等社会科学中。

那么古典文献学与现代文献学之间又有怎样的联系呢？潘树广先生在《文献学纲要》一书中也作了很好的解答，潘先生认为："古典文献学与现代文献学两者虽有差异，但也有许多共通之处。首先，它们的研究对象都是文献——知识的载体。其次，两者的研究内容都是文献的搜集、加工、传播、利用，有共同的规律可寻。第三，两者的根本任务，都是实现知识的科学组织和有效利用。第四，在实际工作中，两支队伍也经常优势互补。"对于这个观点，笔者还是比较认同的，由此也就引出了一个问题，就是文献学的著作问题，我们发现新时期以来关于文献学的著作很多，古典文献学方面有代表的包括：张舜徽先生的《中国文献学》、洪湛侯先生的《中国文献学新编》、杜泽逊先生的《文献学概要》、孙钦善先生的《中国古文献学》等；现代文献学的代表作有倪波先生的《文献学导论》、张志强先生的《文献学引论》等，但是我们阅读这些书会发现，古典文献学的著作缺少一些现代气息，现代文献学著作又缺少一些古典内涵，所以说，如何把两者统一起来，这是一个难事，不过潘树广先生在这方面做了一个很好的尝试，以"大文献学"思想编了这本《文献学纲要》。在《文献学纲要》书中潘先生也提到了文献学著作中如果舍弃了古典文献学的内容，将会消解文化底蕴，与素质教育相悖；若忽视了现代文献学的内容，则会疏离现实需要，与时代步伐脱节！也正因为较好地融合了古典文献学与现代文献学于一体，这本《文献学纲要》自出版以来便广受欢迎，不少学校都将其作为教材，有些学校如云南大学等还把该书作为考研参考用书，2005年该书在原有基础上做了一些修订，出版了第二版，可见该书在学界的影响力！

全书共分八章：（1）文献与文献学；（2）文献的形态；（3）文献的分类；（4）文献的整序与揭示；（5）文献的检索；（6）文献的鉴别与整理；（7）文献的典藏与传播；（8）计算机与文献的生产和检索。体例鲜明，较好地反映了"大文献学"的学科体系。此外，本书也注重理论与实践相结合，孙钦善先生在《中国古文献学》中就强调了在学习过程中要注意理论联系实际，不少内容都配有实际工作例子，有些还附有插图，以帮助读者了解书中内容。此外，这本书还有一些"工具书"的色彩，如在讲索引时，既列举了古今中外诸多索引线索，又以实例教读者怎样编制索引，此外在附录中有《中国古籍善本书目》目录、四角号码检字法、文后参考文献著录总则等内容，这对于读者来说都是很有用处的。

但是该书也有所不足，首先就是存在讹误，如在介绍我国第一本中文期刊时（p.47），作者认为"1833年由普鲁士传教士郭实腊在广州创办的《东西洋考每月统记传》是我国第一本中文期刊"。其实不然，关于我国第一本中文期刊的说法，学界主要有两种，一种认为1772年唐大烈办的《吴医汇讲》是我国第一本中文期刊；另外一种认为1815年由传教士马礼逊创办的《察世俗每月统记传》是我国第一本中文期刊，持后一种观点者人数较多。对于以上两种观点，笔者也不多做评论，但有一点确认的是第一本中文期刊肯定不是《东西洋考每月统记传》。此外，本书的不足就是作者在介绍现代文献学时过多地侧重于文献检索，对于文献的评价等内容有所忽视，没有很好地反映现代文献学的全貌。还有一个就是由于信息技术的快速发展，书中很多内容，尤其是一些计算机检索方面的内容如今已经不适用了，所以也希望本书的另两位作者黄镇伟先生和涂小马先生尽快对此书做修订，真诚期待第三版《文献学纲要》出世！

虽有瑕疵，但瑕不掩瑜，这些不足丝毫不影响《文献学纲要》在中国文献学史上的地位！潘树广先生在融合古典文献学与现代文献学方面做了一个伟大的尝试，而这本《文献学纲要》便是其尝试结果，事实也证明，这个尝试成功了。但是，令人叹息的是潘先生多年前因病仙逝，这不得不说是学界的一大损失，先生一生著作颇多，但是后学只拜读过其中的《文献学纲要》《学林漫笔》及《古籍索引概论》，后二者对于笔者在研究钱亚新先生过程中亦提供了不少有用的线索。如今已是 2012 年，明年就是潘先生逝世十周年之际，先生曾任教于苏大，笔者亦曾求学于苏大，此亦算一种缘分，研读先生大作，亦有表达哀思之意！

2012 年 1 月 9 日于荆邑味斋

鲍士伟 "现代图书馆理念" 的时代意义

——鲍士伟《美国公共图书馆》读后

近年来，图书馆学界王余光、王子舟等学者积极呼吁加强对我国图书馆学经典著作的阅读，他们认为阅读我国老一辈图书馆学家如刘国钧、杜定友、李小缘等人的著作，有利于了解我国图书馆学史的发展历程，把握其内在发展脉络；有利于图书馆学研究人员，尤其是青年学人增加学术训练，发现学术研究中的谬误，建立真实、可靠的学术感觉；同时也有利于增加对图书馆学前辈学者的崇敬之情，增进图书馆学学科认同度与专业情感。在这些学者的大力呼吁之下，近几年图书馆学专业期刊上关于图书馆学经典著作再阅读的文章较之以前在数量上确有显著增加，且不少都是由名家所撰，如沈固朝教授对于李小缘先生《民众图书馆学讲义》时代意义的重新诠释（见《中国图书馆学报》2008 年第 1 期），陈源蒸先生对刘国钧先生《图书馆学要旨》的再解读（见《中国图书馆学报》2008年第1期）等等，这些学者带头重新阅读经典著作为学界树立了一个很好的模范作用。然而不容否认的是，在阅读的经典中，对于西方图书馆学经典著作的阅读还未有效的开始，西方尤其美国图书馆学著作对于近代中国图书馆事业发展所产生的影响是非常巨大的，近代不少图书馆学经典著作如杨昭悊《图书馆学》、李小缘《图书馆学》、刘国钧《图书馆学要旨》等中间都能看到美国图书馆学论著的影子，所以笔者认为，在提倡阅读我国图书馆学经典著作的同时，更要提倡对西方尤其是美国经典著作的阅读与传承。

本文就是在对美国著名图书馆学家鲍士伟（Arthur E. Bostwick）博士的代表作《美国公共图书馆》（*The American Public Library*）一书进行认真阅读的基础上，结合我国图书馆事业发展实际，就鲍氏于该书中提出的"现代图书馆理念（The Modern Library Idea）"进行新的阐释。

鲍士伟及《美国公共图书馆》

鲍士伟，全名 Arthur Elmore Bostwick，1860年生于里奇菲尔德（Litchfield），1877年入耶鲁学院（Yale College）学习并于1883年获得物理学博士学位。1884年秋，鲍士伟开始在蒙特克莱尔（Montclair）的一家高中任教，两年后赴纽约从事《阿普尔顿美国传记百科全书》（*Appletons' Cyclopedia of American Biography*）编辑工作。1890年，与其表兄约翰·尚普利（John Champli）编辑了著名的《青少年游戏和体育百科全书》（*Young Folks' Cyclopedia of Games and Sports*）一书，此后数年，鲍氏先后从事过《论坛》杂志（*Forum*）、《标准词典》（*Standard Dictionary*）、《文学文摘》（*The Literary Digest*）的编辑工作。

　　1895年，鲍士伟正式进入图书馆行业，成为纽约自由流通图书馆（Free Circulating Library）的一名图书馆员，通过日常工作中的摸索、总结（包括与图书馆员的交流）以及努力的学习（阅读大量的图书馆出版物、访问其他图书馆、参加各种图书馆会议等），鲍士伟得到了很好的图书馆职业训练（library training）。1899年，鲍士伟转职于布鲁克林公共图书馆（Brooklyn Public Library），1901年又回到纽约自由流通图书馆担任馆长，不久该馆与纽约地区其他两所图书馆合并组成新的纽约公共图书馆（New York Public Library），鲍士伟担任新组建的纽约公共图书馆流通部主任，鲍士伟在纽约公共图书馆任职期间做了大量的工作，其成绩也得到了业界的认可，于1907—1908年当选为美国图书馆协会（American Library Association）主席。1909年，鲍士伟任职圣路易斯公共图书馆（St. Louis Public Library），并负责该馆馆务，在圣路易斯鲍士伟担任馆长长达近30年，可以说，他把自己后半生的精力全都放在了圣路易斯公共图书馆上。尤其值得一提的是，1925年，鲍士伟作为美国图书馆协会代表，赴中国考察并指导中国的图书馆事业。

鲍士伟一生著述丰富，而《美国公共图书馆》无疑是其最重要的代表作，该书第一版出版于1910年，并于1917年、1923年相继发行第二版和第三版，该书出版后得到美国图书馆界的高度赞赏，各大图书馆学校纷纷将其选为教材，而该书同样对中国学者产生了重要的影响，尤其是李小缘的《图书馆学》一书。1923年《美国公共图书馆》第三版出版后不久，鲍士伟又根据美国图书馆事业发展的最新情况，对该书进行了修订、扩充，并于1929年由纽约阿普尔顿出版公司（D.Appleton and Company）出版了第四版（fourth edition, revised and enlarged），本文正是基于对1929年版（下文所提的"书中"或标注的页码等都是指1929年版）阅读的基础上完成的。

"现代图书馆理念"的时代意义

鲍士伟《美国公共图书馆》一书主要论述的是19世纪末、20世纪初美国图书馆事业发展概况，诸多内容由于时代的变迁已显陈旧，然而其于书中提出的"现代图书馆理念（The Modern Library Idea）"，仍有一定的意义，尤其是对当下中国图书馆事业的发展具有较高的参考价值，笔者就选择其中的四点进行阐释。

（1）现代图书馆是社会化的图书馆

鲍士伟在书中多次提及现代的图书馆是社会化的（socialized）图书馆，有别于传统的储存室（storehouse），现代图书馆要面向整个社会服务。这个观点虽在我国图书馆学著作中也多有提及，但对其的具体解释则远不如鲍士伟，鲍士伟对社会化的图书馆提出了一系列应具备的具体标准（或者说条件）：（a）对读者与书的重视，每个读者有其书，每本书有其读者（find a reader for every book on its shelves and provide a book for every reader，p.1，这与阮冈纳赞 1931 年提出的"图书馆学五定律"中的两条颇为类似）；（b）保证读者对图书的自由获取（free access）；（c）舒适的让人有家一样感觉的图书馆建筑（cheerful and homelike library buildings，p.2）；（d）有专门的儿童阅览室；（e）图书馆有专门用于教育、聚会、展览等的空间；（f）与各级学校合作；（g）馆际互借；（h）较长时间的开放；（i）流通图书馆、分馆体系的建设。

民国时期，受美国影响我国图书馆学界也认识到了图书馆社会化的问题，并不断宣传践行这一理念，但之后由于历史的原因，图书馆社会化无论是理论还是实践都日趋衰落，直到二十世纪八十年代伴随着"交流说""知识说"的提出我国图书馆学界才又一次意识到图书馆的"社会化"特性，但从当下中国图书馆事业发展实践来看，距离社会化的图书馆还有一段差距。传统的图书馆（包括藏书楼）都是一种封闭的环境，图书馆只有从这种封闭的环境中释放出来，认识到其社会化的特征才能获得巨大的能量和广阔的发展前景。然而最近二十年受图书馆学过分关注数据、信息、网络等技术层面的影响，中国图书馆发展又逐渐背离社会化的道路，面临着陷入另一个"封闭环境"的怪圈，即对技术的"狂热"。当下不少图书馆在发展过程中不惜成本，大量引入高价位、高成本的设备武装自己，一轮大规模的"图书馆设备翻新热"正在中国图书馆界升温，似乎在这些图书馆管理者看来有了新的设备就可以称得上现代化的图书馆了（吴建中：《转型与超越：无所不在的图书馆》，上海大学出版社，2012年，2—4页）。不容否认，现代化的设备对于图书馆的现代化的确有着重要的作用，然而过分地追逐设备而忽略现代化图书馆最核心的理念——社会化的图书馆，不是使得图书馆，尤其是公共图书馆又陷入了一个封闭的环境而扼制图书馆社会化发展的趋势了吗？我们必须明确现代化的图书馆一定是社会化的图书馆，如何才能确定某个图书馆达到了现代图书馆的标准，或许鲍士伟提出的这几个具体的指标给我们提供了一个很好的评价依据。

（2）公共图书馆是公共教育系统的一部分

鲍士伟在书中提及公共图书馆是公共教育系统中最重

要的部门，这点深为美国各界所认可，美国民众始终把图书馆作为其终身教育的唯一正式部门，而各级政府在进行公众教育时首先选择的也是公共图书馆。其实公共图书馆能成为国家公共教育系统的最重要组成部分，还是其社会化的结果，正是由于现代图书馆是社会化的图书馆，它就需要把全部社会公民都当成其"客户（clientele）"（p.32），因此负责这些客户的教育自然是其义不容辞的责任。图书馆作为公共教育系统的重要组成部分，有两层含义，一层是与学校合作，尤其是中小学校，积极参与学校的教学，培养学生利用图书馆的能力，以便以后走出学校能利用图书馆自学；第二层就是对社会公众的教育，包括通过建立各个分支图书馆，完善流通图书馆制度等，把知识送到每个人的手中。

鲍士伟在书中提及的这个情况，与当下中国图书馆发展实际是非常吻合的。笔者认为，由于时代的原因，中国公共图书馆由隶属于教育部门变为隶属于文化部门，公共图书馆也从"教育机构"变为"文化机关"，"教育"到"文化"的嬗变，使得图书馆"虚无缥缈"起来，因为"文化"较之于"教育"是一个非常抽象的概念，而这也影响了各级公共图书馆业务的展开。笔者认为我们要重新大力倡导图书馆的教育职能，让图书馆尤其是公共图书馆重新真正纳入国家教育系统，积极参与到公众的教育中去，如鲍士伟书中所谈的图书馆与学校合作，包括学校与图书馆合作建设馆藏，图书馆员指导学生完成课业等就是各级公共图书馆（尤其是发达地区公共图书馆）努力的方向。当然鲍士伟也提及，图书馆与学校的合作成功与否关键还是在两个机构的管理层及双方协作的意愿，双方任何一方敷衍了事的话，这种合作都不能有效地展开（pp.113—114）。图书馆与中小学积极合作，这在中国有些地区已经开展，但或许是因为"意愿"不高，或许是受制于应试教育的束缚，双方合作还不能有效地展开，但是鲍士伟书中提出的一些方式（如上文提到的合作建设馆藏，包括帮学校选书、编目、直接将图书馆书送到学校等；图书馆员帮助学生完成课业，指导学生利用图书馆等）还是值得借鉴的。

　　另一层面，通过总分馆、流动图书馆、乡村图书馆的建设等措施对社会公众开展教育，目前中国图书馆界也都认识到了这个问题，只要在人力、物力、财力等相关条件许可下，都在努力进行这项业务，除了鲍士伟提到的这些方式外，中国各级公共图书馆还大力开展阅读推广，构建书香社会，东莞、苏州等地图书馆主办的阅读月、阅读节等已成为当地每年的一项重要活动，这应该说也是图书馆开展社会公众教育的一个很好的形式。

　　（3）现代图书馆是社区中心

　　现代图书馆的另一重要特征就是图书馆应是社区中心（community center），鲍氏认为读者和藏书对于图书馆来说一样重要，都是图书馆不可分割的一部分，因此图书馆将读者看成是其工作单元（working unites）之一并尽可能多地为其提供服务就是理所应当之事，而这也导致图书馆的建筑可以作为社区居民或组织举行包括社会的、教育的、宗教的等各种活动的场所（p.19）。虽然说鲍士伟提出图书馆是社区中心主要是从图书馆建筑（buildings）利用的角度来谈，但是其理念仍然值得学习，图书馆虽然通常都是政府资助机构，但它们同时也是服务于社区并以社区为基础的机构。目前如上海等地已经有不少图书馆开始将图书馆延伸至社区，但是不得不承认目前的图书馆距离真正的"社区中心"还有较长的一段路要走。笔者认为图书馆要想真正成为社区的中心，应该在图书馆场地作为社区中心的基础上，更进一步，以社群信息学知识以规划未来，利用社区居民对于信息、知识的渴求，通过各种现代化的技术手段，使图书馆真正为社区居民服务，融入社区文化，承担起社区的相关职能（如卫生、就业等公共知识宣传、社区居民培训、寒暑假中针对中小学生组织开展一些活动、竞赛等）。

（4）图书馆积极开展宣传活动

鲍士伟认为现代图书馆理念包括的一项重要内容就是"图书馆广告（library advertising）"，即图书馆宣传。鲍氏提出这点主要是基于美国公共图书馆发展实际——除政府财政支持外，需要接受大量的私人或企业捐赠，因此图书馆宣传有利于获得更多的资助；同时，鲍氏也指出图书馆宣传有利于图书馆及其工作为民众所了解，进而吸引民众使用图书馆（p.8）。鲍氏在书中提出要尽可能利用各种形式如广播、报纸、展览、图书馆自己刊印出版物、图书馆员个人宣传等来进行图书馆对外宣传（pp.381—386），这点是很值得我们重视的，当下中国民众的"图书馆意识"相较于西方发达国家可谓是相当薄弱，这固然有一定的历史原因（如图书馆向科研进军、为科研服务等口号的提出，使得图书馆逐渐脱离民众），虽然我们已经改变了原有的这些错误的服务理念，但民众对于图书馆已经形成了一个"定式"，这就需要各级图书馆努力做好宣传工作，尤其是身处"全媒体"时代，更是要通过平面、数字等各种形式媒介，做好宣传工作。除了向读者宣传图书馆有哪些资源，还要宣传有哪些服务，宣传图书馆正在不断探索和践行着的服务理念。更多的图书馆馆长、书记，要争取加入地方人大与政协里面，争取参政议政的权利与机会，给政府宣传图书馆，给政府官员宣传图书馆，给新闻媒体宣传图书馆。图书馆也可以设置专门的"宣传岗位"或"宣传馆员"，以更多类型的活动，吸引政府和社会公众对图书馆的了解与认识，主动出击，让公民认识图书馆，吸引公民进入图书馆。图书馆争取以自己的工作成绩，吸引政府有关部门的支持，让他们替图书馆说话。这样既能提升社会民众的图书馆意识，使得民众了解图书馆、利用图书馆；又能获得更多的政府支持，促进图书馆事业的发展。

鲍士伟在《美国公共图书馆》一书中所论述的诸多情况与当下中国图书馆发展实际非常吻合，因此，此时去阅读这本书就会感觉非常的熟悉，然而正如"一千个读者心中有一千个哈姆雷特的形象"，不同研究旨趣、研究层次的人对该书的阅读或许会有不同的心得，然开卷有益，还是要躬身实践，去阅读一下这本书。当然除此之外，正如笔者上文所言，不仅要阅读鲍士伟的论著，还要去阅读其他尤其是欧美图书馆学的经典论著。

（原刊于《图书馆杂志》2013 年第 11 期，收录时略有修改）

从一名图书馆员的回忆中感受美国国会图书馆

——读《我在国会图书馆的岁月》

从一名图书馆员的回忆中感受美国国会图书馆——读《我在国会图书馆的岁月》

近日读王冀先生《我在国会图书馆的岁月》（*My Year's at the Library of Congress*）（北京师范大学出版社，2009年4月）一书，作者王冀先生于1949年9月赴美留学，在其父亲王树常将军"农业立国"思想的影响下选择了农学专业，后又弃农研史，转入乔治敦大学攻读历史，获得史学博士学位后留校任教。在机缘巧合之下辗转到了国会图书馆工作，起初与其他人一样，王冀先生也认为图书馆的工作是枯燥无味，然而随着对图书馆工作的深入了解，这种想法很快就变了，他深深地爱上了图书馆工作，并且在国会图书馆一干就是46年（从1958年正式应聘进入国会图书馆到2004年退休离开，其间虽有两年时间是在香港中文大学负责图书馆工作，但是不管是在美国还是在香港，都是从事的图书馆工作）。本书只有短短的十万字，虽然有人间的酸楚、人情的冷暖（见"中文部去留风波"一节），但更多的展示的是一位图书馆从业人员对图书、对图书馆的挚爱，一位中国问题专家成长的历程，一位海外游子对故土的亲情！

"一千个读者眼中会有一千个哈姆雷特的形象"，作为一名图书馆学专业的学习者，读完此书除了以上的一些感受外，还对美国国会图书馆有了一个更加具体的了解，而这从某种程度上来说是对美国图书馆文化的一种了解。其中有如下几点印象尤为深刻：

（一）国会图书馆对于馆藏发展的不遗余力

作者任职于国会图书馆中文部，中文部由韩慕义（更常见的翻译为"恒慕义"）博士于1928年创立，韩慕义博士致力于明清史研究，曾在中国生活20年，在中国期间，稍有闲暇他就会四处搜集中国古地图，1927年退休后返回美国，后受美国国会图书馆馆长 Herbert Putnam 热情相邀加盟国会图书馆，并担任首任中文部主任。在韩慕义任内，他搜集了大量的中国线装古籍、方志文献等，1934年还亲往中国，搜集了7721册中文收藏，此后每隔几年韩慕义都会亲往中国采购线装古籍。此后在 Beal 博士、吴光清博士等历任主任的努力下，国会图书馆的中文馆藏得到了较大的扩充。

国会图书馆中文部的馆藏最初主要是来自清政府及私

人捐赠，其中值得一提的是二战期间美军将从日本获得的大量中国图书捐赠给中文部，大大提升了其馆藏的数量和质量。然而除捐赠外，国会图书馆中文部员工不遗余力地搜集也是一个重要原因，除上文提到的韩慕义博士之外，本书作者王冀先生亦一直致力于中文文献的收集，书中就讲到了这样几件事：1972年作者去美后首次回国，在广州、上海等地参观过程中，念念不忘为图书馆选书，一天，在上海的一家新华书店就一口气挑选购买了100多本，后来回美时，各地购买的书加在一起装了满满的一大箱。1979年中美两国建交后，作者又立即与北京图书馆签订图书交换协定，在此之后的十年，北京图书馆每年都会赠送美国国会图书馆2万余册中文图书；而这十年也成为国会图书馆中文图书收藏发展最快的十年。除此之外，书中还有其他一些例子，这些例子都表明了美国图书馆员强烈的文献搜求意识。笔者由此也想到了去年发生在南京的一件事，去岁岁末，南京有一位私人藏书家要出售所藏的数万册图书，这数万册图书最后不是被南京图书馆或南京大学图书馆等大型图书馆购得，而是被一位书商购得，我曾于该书商店中见过这批书，大部分都是文史类的图书，其中不乏精品，当时我也只能感慨一番，要是这批书被图书馆购得那该多好啊！

正是得益于国会图书馆中文部员工的不遗余力，使得国会图书馆中文藏书在数量和质量上都得到了显著的提升，其中不乏珍品，如41册《永乐大典》，8卷敦煌手卷，世界上收藏最丰富最齐全的纳西族图书，还有甚至连中国都没有的一两百种善本……读到这些数字，只能轻叹一声！

（二）国会图书馆的管理文化

从王冀先生的叙述中除了感受到国会图书馆对于馆藏发展的不遗余力外，还有一点给我留下了深刻的印象，那就是国会图书馆的管理文化，尤其是管理层对于人才的尊重。上文提到的韩慕义博士就是国会图书馆尊重人才的典型例子之一，韩慕义博士退休之后并不十分愿意出山，可是在时任馆长 Herbert Putnam 的盛情相邀之下，韩慕义博士居然在国会图书馆又工作了25年。而本书作者也是很好的一个例证，从作者叙述的几个事实就能看出：作者初进国会图书馆不久，由于成功组装了一套摄影复制机，除得到优秀职员的奖状外，还得到时任馆长 L. Quincy Mumdord 博士的接见，须知当时国会图书馆馆长可是由总统任命的政府部长级的终身职务，在拥有数千职员的国会图书馆中，馆长亲自接见一位普通的年轻馆员，由此也说明国会图书馆领导对人才的重视。国会图书馆属于政府系统，在美国政府组织中，一般来说职员级别由低到高分为15级，作者刚进国会图书馆中文部工作时的级别是5级，2年之内，作者由于编写了美国第一部关于中国科研机构的工具书，受到时任国会图书馆科技部主任 Sherrod 先生的认可，迅即被提升为科技部专员，级别为11级，连跳这么多级，使得不少人都感到惊诧。再如作者王冀先生任职国会图书馆时，香港中文大学曾多次邀请王先生赴港担任馆长，王先生在向国会图书馆领导提出申请之后，时任领导都热情鼓励作者抓住机会，允许其赴港工作，并为其保留在国会图书馆的职位等等，诸如此类例子还有不少，这些都反映出国会图书馆对于人才的尊重，任何一个图书馆要想得到长远的发展，都离不开人才，国会图书馆对人才如此尊重也值得国内图书馆界学习。

这本书中还有一个细节让我印象非常深刻，那就是国会图书馆馆长请美国著名汉学家史景迁博士对中文部进行评估，邀请著名学者对图书馆进行评估应该说是图书馆尤其是研究型图书馆管理中值得提倡的一种方式，而史景迁博士也不辱使命，最后提供了一份非常客观公正的评估报告，从此之后王冀先生在工作中遇到难题时都会向这些学者咨询。

美国国会图书馆在管理中值得称道的还包括注重与其他机构的合作，包括和其他类型的图书馆如医学图书馆、农学图书馆的良好合作，与其他机构或组织如美国科技部、美国科学基金会，与高校如斯坦福大学等都形成了良好的合作关系。除去本国之外，与国际上尤其是各国国家图书馆，本书主要讲述了与中国图书馆界的广泛交流，正是这些合作机构，大大推动了国会图书馆的发展。

（三）民众图书馆意识之发达

王冀先生用了两章，即十五章《国会图书馆里的中外学者》、十六章《与美国政界人士的往来》来记述其任职于美国国会图书馆时所接触的一些人，从这两章的阅读中笔者也深深地感受到了，在美国民众图书馆意识之发达。所谓的图书馆意识，最典型的表现就是有问题首先想到的是图书馆！从这两章的叙述中可知上到总统、部长，下到学者、普通读者，他们遇到问题首先想到的是去图书馆查资料，向图书馆员咨询。其中作者对一位研究清末民初尤其是辛亥革命的专家 Mary Rankin 的描述令我感动，Mary Rankin 女士是费正清先生的高足，她出版有多部著作，但她从来不在大学任教，只愿在家中做一位普通的家庭主妇，但她却说过这样的话："我不是教书的材料，我只热爱研究，国会图书馆就是我的天堂。"我想任何一位图书馆从业人员在听到这句话时一定会热血沸腾。美国民众强烈的图书馆意识与美国图书馆全方位的服务之间形成了良好的互动，最终取得了"双赢"的结果，这也难怪，在美国，最大的智库不是什么研究机构，而是国会图书馆！

在我的印象中，中国图书馆从业人员撰写系统的回忆录并不多，我见到的一位是杜定友先生，杜先生晚年撰写了回忆录，然此书由于"文革"，诸多内容已亡佚；另外一位是钱亚新先生，可能是受其业师杜定友先生的影响，钱亚新先生晚年也撰写了一部回忆录，讲述了其 1928 年投身图书馆界到退休的故事，然而其中"文革"的一部分内容亦散佚了。读完王冀先生这部书，我真的希望中国有越来越多的图书馆员或者图书馆学专家学者愿意来写一部回忆录，为后人留下一份宝贵的遗产！

2013 年 4 月 4 日于荆邑味斋

（原载于《今日阅读》2013 年第 1 期，收录有删改）

传前人之精蕴，启后学之研究

——《中国图书馆学著作书目提要(1909—2009)》评介

我国是一个拥有悠久文献历史的国家，在数千年的发展过程中，人们创造了无数的图书财富，浩如烟海的图书既是历史的见证者同时也是历史的传承者，然而要想利用这些图书，从大量的图书资源中找到所需的信息，那就非借助于工具书不可了。工具书具有编制特殊、内容概括、专供查阅等特点，它既能有效地辅导读者自学、又能为读者指示读书门径、解疑答惑（武汉大学图书馆学系《中文工具书使用法》编写组编：《中文工具书使用法》，商务印书馆，1984 年，7—9 页），因此，工具书也成为读书治学的必备工具之一，实践证明，凡是卓有成就的学者都是善于利用各种工具书之人。当今，信息技术，尤其是搜索引擎技术的快速发展，使得不少知识都可以通过网络在瞬间内检索到，"Google 一下""百度一下"已成为社会的流行语，搜索引擎在社会生活，包括学术研究中扮演的角色固然越来越重要，但要想完全取代工具书亦是不可能的，因为搜索引擎并不是万能的，还存在很多缺陷，比如它所搜索的对象大部分都是网络信息，这些信息从内容而言大多都偏重于大众的、普通的信息，众多信息尤其是一些年代久远的学术信息，网络上并不存在，如果想查阅该类信息，还是得借助于各种工具书。所以说，对于学术研究而言，我们依旧需要各种完备的工具书，图书馆学研究亦不例外。

现代意义上的中国图书馆学发轫于清末，通过百余年的发展，已成为一门独立的学科，巍然屹立于学林之中。从其发展历程来看，图书馆学一直是"为他人做嫁衣"的一门学科，在百余年的时间中为别的学科编制了大量的工具书，如各种书目、索引等，而图书馆学本身的工具书相较于历史、文学等学科还是偏少。值得高兴的是2012年图书馆学界一部重要的工具书问世了，那就是卓连营、李晓娟主编的《中国图书馆学著作书目提要（1909—2009）》（以下简称《提要》）。

《中国图书馆学著作书目提要（1909—2009）》概述

《中国图书馆学著作书目提要（1909—2009）》一书作为中国图书馆学会资助项目之一，由戴龙基先生负责，卓连营先生具体执行，该项目凝聚了国家图书馆、北京大学图书馆、浙江省图书馆等多家单位的数十位同志的心血，历时 6 年（见《提要》前言），于 2012 年 8 月由国家图书馆出版社出版。《提要》共收录 1909 年至 2009 年我国（含港台地区部分著作）出版的图书馆学著作 6361 种，每一部著作都有详细的书目信息及简明的提要，为便于读者使用，书后还配有书名索引及著作索引两种，全书总计 140 万字，可以说是一部鸿篇巨制。笔者翻阅后认为该书具有如下特点：

（1）收录范围广、跨度大。《提要》一书的收录范围起于 1909 年，止于 2009 年，跨度之长、难度之大，可想而知。如在地区范围上除了大陆出版的图书馆学论著之外，还收录了港台地区 1949 年以后的 542 种著作；在内容上，尤其值得称道的是对于大量的非正式出版发行（包括讲义、论文集、学位论文等）的出版物的著录。1909 年到 2009 年的这一百年，可以说是跌宕起伏的一百年，由于时局等诸多因素的影响，相当一部分数量的著作不能公开、正式出版，笔者做了一个简单的统计，以书中"图书馆管理"所收书目为对象，该部分总共收录书目 149 条，其中非正式（内部）出版的有 21 条，占全部书目的 14.1%；同样"图书馆学综论"类中共收书目 305 条，而非正式（内部）的有 31 条，占全部书目的 10.2%，由此大概可以判断非正式出版的条目约占全书的 10%，即有五六百条，其量也非常可观，编者将大量内部发行的著作一同收录，这对于学术研究而言是极有裨益的。

（2）著录周详。《提要》一书中对每本书的信息都著录得非常周详，包括该书书名、责任者、出版地、出版者、出版年月、页码、开本、该书所属丛书信息、装帧信息、统一书号或国际书号（ISBN），部分图书如有重印、再版，重印、再版时间也会注明。提要部分除对该书内容章节有简要介绍外，对书中序跋、所附参考书目等也有提及。应该说《提要》一书中所收书目在著录款目上是考虑得非常周详的，而这也反映了本书编者所花的工夫。

（3）实事求是。《提要》一书中所收书目，一方面依据已出版的一些工具书，如李钟履《图书馆学书籍联合目录》《民国时期总书目》等，另一方面参考了国家图书馆、上海图书馆等图书馆馆藏书目及网络联机书目数据，然而本书在编纂过程中要求提要撰写者对于每本书都要做到"眼见为实"，未见者只撰题名及此书出处依据，不撰提要，并以"未见书"代之，从这点足以说明本书编者们实事求是的治学精神。

《中国图书馆学著作书目提要（1909—2009）》价值

《中国图书馆学著作书目提要（1909—2009）》一书的出版对于我国图书馆学研究、图书馆事业的发展作用巨大，具体而言，约有如下几点：

（1）系统总结我国百余年图书馆学著作出版

近年来图书馆学界对于图书馆学史研究的重视程度愈来愈大，研究的视角也从原有的宏观叙事模式，转入宏观研究与微观研究相结合的方式，越来越多的学者开始从学术制度（院系建制、学术期刊、学术论著、学术组织等）层面去研究图书馆学史。北京大学王余光教授曾就图书馆学史研究提出了一个大致的框架，他认为学术史研究应该包括"①学人的学术经历、撰述、学术思想的评述等；②辨章学术，考镜源流，学人学术传承与学派；③一个时代的学术基础（教育、出版与学术杂志等）、学术思潮以及对学人的影响"。（王余光：《图书馆学史研究与学术传承》，《山东图书馆学刊》2009年第2期）这个框架可以说是图书馆学思想史与制度史研究范式相结合的一个代表，该框架中就将"出版"作为学术史研究的重要组成部分，的确每一本著作都是时代特征于学术研究上的反映，其作用显而易见。新中国成立后李钟履曾从论著出版的角度对我国图书馆学史做了一个总结，于1958年出版《图书馆学书籍联合目录》，此后似乎一直没有人对此目录进行补充，这不得不说是一个遗憾；2011年，北京大学范凡博士也就民国时期图书馆学著作出版与传承情况进行了系统的研究，并出版了《民国时期图书馆学著作出版与学术传承》一书，但是范凡博士研究的跨度也仅局限于民国，对1949年以后的著作并未涉及。《提要》一书的出版，很好地弥补了之前的不足，虽有遗漏，但却是第一部对 1909 年到 2009 年这一百年我国图书馆学著作的系统总结之作，其价值无需赘言。

（2）为学者提供良好的阅读门径

笔者在前文曾谈及工具书对于"辅导自学、提供读书门径"之功用，《提要》作为一种工具书，必然具备这一功用。近两年来，图书馆学界不少学者都在呼吁加强对图书馆学经典著作的阅读，目前像老一辈图书馆学学者如杜定友、刘国钧、李小缘、洪有丰等人的著作受"冷落"的情况非常严重，这些学者的书，如果教师不读的话，大部分都不会出现在学生的参考书目中（王余光：《图书馆学前辈学术著作的传与读》，《图书情报工作》2005 年第 1 期），不少学图书馆学专业的人甚至连这些人名都不曾听过，更别谈及阅读他们的著作，因此重读这些专业的书籍就很有必要。一个学科或专业的活力来源于两个部分，其一是对过去的记忆，其二是对未来的展望，有记忆我们才能够反思，有期望才会去探索（王子舟：《重读近现代图书馆学典籍的必要性》，《图书情报工作》2009 年第 11 期），而记忆就意味着你要去了解过去的东西，阅读过去的著作，明了其内在的发展理路，图书馆学也不例外。《提要》一书的出版，为我们开了一份很详细的书单，例如，一个人假如对图书馆学基础理论感兴趣，那么通过《提要》一书，从最早的《图书馆教育》《图书馆小识》到杨昭杰的《图书馆学》、杜定友的《图书馆学概论》、刘国钧的《图书馆学要旨》再到解放后一些图书馆学内部讲义，再到"文革"结束后出的一系列基础理论的论著，通过寻找其中有代表性的阅读，对于我国百余年的图书馆学基础理论研究发展史定会有一个清晰的把握，而这不正是《提要》一书出版的最大意义吗？

（3）促进大陆与香港、台湾等地区的学术交流

《提要》一书中更让我们高兴的是对台湾、香港、澳门地区 1949 年以后有关图书馆学的 542 种论著的收录，可以说《提要》一书架起了两岸四地图书馆学界相互联系的桥梁。长期以来，由于时局等原因，我们对于台湾等地区图书馆学研究情况知之甚少，虽然近十几年来港澳台与大陆地区的交流逐渐增加，1993 年发起的"海峡两岸图书资讯学"学术研讨会也成为两岸图书情报界人士交流的最重要平台。但不容否认的是，交流虽然在增加，然迄今为止我们并没有一部完整的港澳台地区图书馆学方面的书目，而《提要》一书的出版很好地填补了这项空白，虽然并非全部收录，但这毕竟是一个良好的开始，有利于进一步促进两岸图书馆学界的交流与合作。

《中国图书馆学著作书目提要（1909—2009）》不足

"金无足赤、人无完人"，《提要》一书的出版虽然意

义重大，然就其内容、编辑而言仍存在不少问题，就笔者翻阅所发现，大致有如下几点：

（1）重复著录。"重复著录"是《提要》一书中第一大缺陷，由于该书收录范围广、时间跨度大，又是多人执笔，重复著录在所难免，然该书中重复著录情况略多，试略举数例如下：0105 倪波选集，0147 倪波论文选，这两本书其实相同，都是 1988 年由成都东方图书馆学研究所出版的（内部出版）；0008 图书馆指南，5028 河北省立师范学院图书馆指南，前者参考李钟履一书，不过编者在著录时已说明"未见书"，其实此处是李钟履当年失误，0008 与 5028 确为同一部书；又如 0018 图书馆和 0019 图书馆，据笔者考证这两条著录其实也是针对的同一本书。以上只是略举数例，由此也说明该书存在的一个不足。

（2）收录不全。《提要》一书除港台之外收录大陆地区 1909 年到 2009 年图书馆学及相关学科论著 5819 种，尤其是收录了诸多未正式出版的图书。然而由于时间跨度较大，仍然有相当大一部分图书未曾收录，以笔者熟悉的领域及学者来说，试举数例如下：图书馆学基础理论教材方面，李小缘先生的《图书馆学》一书即未收录；新中国成立后到八十年代这一时期遗漏情况更多，桑健曾在《图书馆学概论》一书中列举了 16 本 1949 年到 1981 年编的图书馆学基础理论教材（桑健：《图书馆学概论》，辽宁人民出版社，1985 年，1 页），《提要》只收录了一部，虽然这些教材大部分都是内部出版，但是《提要》中并非不收录内部出版讲义，在图书馆学基础理论方面就收录了如0029 图书馆学基础（周文骏为北京市中等业余学校编的讲义）、0414 图书馆学基础（1979 年北京大学与武汉大学合编的讲义）；机构方面，南京图书馆曾出版有《南京图书馆志》《南京图书馆志续编》这两本书，2007 年该馆又编辑出版了一套"南京图书馆百年文丛"，内收《汪长炳研究文集》《钱亚新文集》《卢子博文集》《南京图书馆记忆》《南京图书馆同仁文集》，而这七本书《提要》均未收录；学者方面，如邹志仁主编的《信息学概论》、周毅的《信息学概论》、谢阳群的《信息资源管理》《微观信息管理》等亦未收录。由此观之，《提要》一书所漏图书数量相当可观。笔者以为造成这一原因主要是编者过分依赖《图书馆学书籍联合目录》《全国总书目》等联合目录或书目数据库，没有咨询相关领域内的专家学者，如图书分类法、图书馆学综论方面咨询几位学者，遗漏情况可能会好些。

（3）著录误漏。《提要》一书中所收录的不少图书在著录方面同样存在不少误漏，笔者就所熟悉领域内被收录的图书进行了阅读，发现问题不少，试举数例：如"2757拼音著者号码编制法 / 钱亚新著；沈祖荣校订 . 武昌：文华图书馆学专科学校，1937.—18 页；27cm（浙江图书馆）"一条，笔者藏有此书，比较后发现该条存在如下错误：第一，书名应为《拼音著者号码表》；第二，责任方式应为"钱亚新编著"；第三，时间应为"1948年6月"；第四，该书除18页正文内容外，还附有27页"四角号码索引"，在版权页上也有说明"索引者 孙德安"；第五，该书属于"文华图书馆学专科学校丛书"，因此需补录丛书项。又如5254条所录图书出版地信息为"杭州：江苏省图书馆学会"，这个错误是显而易见的，正确应为"南京：江苏省图书馆学会"，且该书是作为江苏省图书馆学会编辑委员会主编的"图书馆学小丛书"之一出版，而这个丛书项亦没有著录。再如0501条，该条书名为《图书馆学基础》，实际上应为《图书馆学基础（修订本）》，此书是在1981年的《图书馆学基础》上修订而成，与1981年之《图书馆学基础》有所区别。正如笔者所述，这些错误只是针对笔者所熟悉领域内的图书，其他图书或许还有讹误，需要进一步审校。

（4）分类不精，归类不准。《提要》一书根据中图法将全书划为图书馆学、图书馆事业综论，图书馆学综论，信息传播，图书目录、文摘、索引等24类，看似精详，实则问题较大，分类的一个重要原则就是并列类之间不交叉，然从《提要》24个类名来看，就未能很好地避免这一点，如第一类"图书馆学、图书馆事业综论"与第二类"图书馆学综论"之间就存在很大的交叉性，由此也导致这两大类中入类的书目比较混乱，如上文提到的"0029

图书馆学基础"是归入"图书馆学、图书馆事业综论"一类之中的，而大部分"图书馆学基础""图书馆学概论"的图书都是归入第二类"图书馆学综论"之中，而这两类中互相矛盾的例子还有很多，笔者以为这两类完全可以归为一类。又如"文献学"类和"目录学"类，文献学包含目录、版本、校勘等内容，应该说"文献学"是"目录学"的上位类，而《提要》一书将两类并列，不知又是出于何种考虑，细细查阅这两类中所著录书目，不难发现，同样比较混乱，分类与归类问题是《提要》一书中存在的又一大不足。

（5）说明不详。《提要》一书之前冠有"编纂说明"9则，然其说明亦不详，给读者利用造成困惑，如第3则"《提要》中同类著作按出版时间先后依次排列；同一著作的重印、再版本附首次出版项之后，不再单独列目"，那实际上是否如此呢？不是。由于是多人执笔，有些人很好地执行了这一原则，将某一书的再版、重印信息都附于首次出版之后，但是仍有不少人并未按照这一原则，某一论著重新再版或重印之后会单独列目，如上文中提到的0501以及0050与0172，0591与0667，1917和2460，1857和2440等。又如"编纂说明"第4则中，提到著录项包括丛书项，然而实际中不少"丛书项"都是放于提要之中，如1008、5257等。"编纂说明"第6则提到"并署该书藏所"，的确《提要》所收图书每一条著录最后都会用括号标注一图书馆，那么该图书馆是否就是指说明中提到的馆藏地呢？如果是，那么这个馆藏地的含义是该书只要这一家图书馆收藏还是如何？这些都容易给读者带来误解。此外与说明有关的，还有一点就是索引部分并未使用说明，不便于读者的使用。

《中国图书馆学著作书目提要（1909—2009）》一书的出版其意义不言而明，然而或限于时间，或缺于人力，该书还存在诸多不足，我们也衷心地希望该书编者能进一步完善此书，以更好地嘉惠图林！

（该文与王锰合作完成，原刊于《图书情报知识》2013 年第 6 期，收录有修改）

传承与突破
——读《图书馆学及其左邻右舍》

正如王锦贵先生所说的那样："但凡拿到一本新书，一般人最先关注的大抵首先是目录，然后才是该书正文。"我拿到王波博士的文集《图书馆学及其左邻右舍》后，同样也是先翻"目录"，该书除"附录"及"后记"外，共有三部分构成：第一，"左邻：出版学"，收入《天子出版家曹丕》《出版学与编辑学的兴起及二者关系》等文章7篇；第二，"图书馆学"，收入《论图书馆无障碍设计》《网络图书馆学的兴起与发展》等文章6篇；第三，"右舍：阅读学"，收入《读书读出好心情——在北京大学的讲座》《阅读疗法理论和实践的新进展》等文章4篇。

看到目录的编排及其内容后，我脑中一下子就想起了苏州大学已故的潘树广教授。潘树广先生从二十世纪九十年代开始呼吁并致力于"大文献学"的建设，潘先生认为："'大文献学'的提出，不仅是区别于古典文献学，也区别于现代文献学。其根本目的，是为了改变古典文献学和现代文献学两支学术队伍划疆而治的局面，建立兼容古今的完整的文献体系，促进学科的健全和发展。"（参见：潘树广：《大文献学散论》，《图书馆工作与研究》2000年第3期）基于此，潘先生主张大文献学从纵向上要兼容古典文献学与现代文献学，在横向上，要整体把握拓展文献学学术空间，将编辑出版等都纳入大文献学范畴。《图书馆学及其左邻右舍》一书以图书馆学为主，兼及"左邻"出版学、"右舍"阅读学，这三块内容正好涵盖了文献从生产（出版）到组织、保存（图书馆）再到用户利用（阅读）的一个完整链条，这不是典型的"大文献学"思想的体现么？当然假如要有所创新（王波博士曾在相关文章中提出学者应具备的才能之一就是提炼新概念），不妨叫作"大图书馆学"！

对于《图书馆学及其左邻右舍》一书所收文章的具体内容，不想做过多评述，不过王波博士研究视域确值得一提，他在传承了图书馆学的优良学统的基础上，又不局限于图书馆学，不断向外突破。近世学术发展的一个最主要特征便是越来越细化。俗话说"隔行如隔山"，如今不说图书情报与档案管理一级学科，单从图书馆学这个二级学科内部而言，"隔山"现象已经非常明显。学科的细化是学术发展的必然结果，其对于研究问题的深化肯定有所裨益，这在生物、化学、医学等理工科领域尤为如此。人文社科当然也需要细化，但是人文社科有其特性，在细化、深入的过程中要防止一种"过分碎片化"倾向。人文社科研究的很多问题需要我们用一个更加广阔的眼光去对待，最忌讳"一叶障目，不见森林"。如上文所言，《图书馆学及其左邻右舍》是一部基于"大图书馆学"视角的有代表性的作品，虽然在《半生学问总关书》的后记中，王波博士讲述了其之所以会涉足图书馆学、编辑出版学、阅读学的缘由，但是遗憾的是，作者并未能就图书馆学及其左邻右舍之间的关系进行深入的阐释发挥。应该说编辑出版学、图书馆学、阅读学三者之间是有着密切联系的，新环境下，这三者之间能否统一？是否该统一？如何统一？则是一个值得思考的新的命题！或许对这一命题的思考，能寻找出图书馆学研究新的增长点。我们也期待王波博士能就此问题进行深入研究，以期为学界提供参考。

从本书的内容及书后所附的《王波著述目录》来看，王波堪称一位"杂家"，不过在"专家"众多的图书馆学界，我们太需要这种类型的"杂家"了！

（原载《图书馆论坛》2015年第3期）

追寻逝去的传统

——《郑樵与章学诚的校雠学研究》读后

1947 年 4 月徐家麟在为钱亚新即将出版的《郑樵校雠略研究》（商务印书馆 1948 年正式出版）一书作的序言中写有如下文字："我国固有的目录学，自有其久远精粹的历史。这可说是先哲宝贵的遗产之一，承继这份遗产的，除了目录学者们而外，还当有经营现代图书馆的学者们。他们双方对此的职责，并不限于单纯的承继而已，更应肩负起发扬光大的任务。要达到这目的，有赖于双方的合作。……使目录学与图书馆学彼此间的界划得以沟通，彼此间的研究或实施的成果得以交换，应是两界人士认为当今有利的急务。"（钱亚新：《郑樵校雠略研究》，商务印书馆，1948 年）徐家麟的话虽然写于 70 年前，但是，现在读起来仍然是掷地有声。

现代图书馆学虽发源于西方，但与中国传统校雠学（或者说目录学）也存在一定的关联，因此自图书馆学东渐以来，对于传统校雠学的研究一直是图书馆学研究人员的关注点之一，李小缘、刘国钧、袁同礼、杜定友、钱亚新等民国图书馆学学人，在校雠学领域都有精深的研究，《校雠新义》《郑樵校雠略研究》《章学诚校雠通义研究》等成果也为图书馆学界研究传统校雠学奠定了重要基础。而1949年以后培养起来的朱天俊、倪波、乔好勤、王余光、王子舟等学者同样在校雠学领域有所建树，通过几代人的耕耘，对于校雠学的研究已经成为中国图书馆学研究的一个重要学术传统。然而随着信息技术的快速冲击以及其他诸多原因，当下的图书馆学研究人员，特别是青年学人，能沉下心来从事校雠学研究的人已越来越少了，据有关学者统计，近五年来中国具有图书馆学博士授权单位所培养的110位博士中，博士论文选题涉及古代的只有7人（顾烨青：《当代图书馆学界不应忽视对中国古代目录学的研究——读周余姣著〈郑樵与章学诚的校雠学研究〉有感》，《河南科技学院学报》2016年第5期），这也从一个侧面反映了当下中国图书馆学界的一个窘境。在这种大背景下，北京大学周余姣博士的《郑樵与章学诚的校雠学研究》一书无疑让人眼前一亮。

《郑樵与章学诚的校雠学研究》内容介绍

《郑樵与章学诚的校雠学研究》一书于2015年7月

由齐鲁书社出版，该书是周余姣在其2013年完成的同名博士论文基础上修订而成。全书正文共有六部分组成，分别是：

（1）"导言"。说明该书的意义、研究内容、研究方法等，其中最主要的是对"校雠"与"目录"、"校雠之学"与"目录之学"概念进行了界定，并指出"郑（樵）章（学诚）二人的校雠学是传统意义上的广义校雠学，包括目录、校勘、辑佚、索引、典藏等丰富的内容，并且是以目录学为主的"（见该书第19页）与现代意义上狭义的校雠学（即校勘学）还是有所区别，这也厘清了全书的研究范围。

（2）第一章"郑樵、章学诚校雠学溯源"。介绍了先秦诸子、汉代、魏晋南北朝、唐宋时期的校雠活动及主要目录成果，指出《别录》《七略》《汉书·艺文志》《七录》《隋书·经籍志》《崇文总目》等前代目录成果对于郑樵、章学诚的校雠学说产生了重要影响。

（3）第二章"郑樵校雠学著作与思想"。在概述郑樵生平及治学特点基础上对《校雠略》《艺文略》《图谱略》《金石略》进行了深度解析，从而归纳郑樵校雠学思想。作者认为郑樵校雠学思想的核心是"类例既分 学术自明"，郑樵校雠学精义是"求书之道有八"，而"求书遣使校书久任论""广古今而无遗""书有应释、有应不释"则分别反映了郑樵校雠学的卓识、期望及深意。

（4）第三章"章学诚校雠学著作与思想"。首先概述章学诚生平及主要学术观点，进而对章学诚所著《和州志·艺文书》《校雠通义》《论修史籍考要略》《史考释例》等著作进行剖析，从中归纳了章学诚校勘思想、分类思想、编目思想、典藏思想、辑佚思想、索引思想，认为章学诚以"辨章学术 考镜源流"为核心的校雠思想完善了中国校雠学基本体系，对近代社会及学术产生了重要的影响。

（5）第四章"从郑樵到章学诚：校雠学的继承和发展"。首先总结郑樵及章学诚二人校雠学研究的特点及局限，同时对章学诚如何对郑樵校雠学研究的进一步申说、补充以及纠谬进行了说明。

（6）第五章"郑樵和章学诚的校雠学在学术史上的地位"。通过后世学者对郑樵、章学诚校雠学说评价的分析，阐述郑樵、章学诚二人的校雠学在我国学术史上的地位，并指出后人对郑、章二人学术的认可与承传，标志着《校雠略》和《校雠通义》学术经典地位的形成。

《郑樵与章学诚的校雠学研究》除正文外还有四个附录，分别为：（1）附录一：郑樵校雠学研究的论著目录（1162—2012），章学诚校雠学研究的论著目录（1801—2012），郑、章校雠学比较研究的论著目录（1801—2012）；（2）附录二：《通志·艺文略》分类体系（参考吕绍虞的统计）；（3）附录三：《续通志·艺文略》分类体系；（4）附录四《清朝通志·艺文略》分类体系。

《郑樵与章学诚的校雠学研究》学术价值

综观《郑樵与章学诚的校雠学研究》一书，其学术价值主要体现在如下四个方面：

（1）系统梳理郑樵、章学诚校雠学说的渊源、内涵、影响。中国传统校雠学萌芽于先秦诸子，到西汉刘向、刘歆父子校订群书正式形成。中国校雠学根植于中国传统土壤，在中国古典学术发展史上扮演了重要角色。而在中国校雠学史上，郑樵、章学诚无疑是一对双子星，或者说是两位集大成者。系统研究，梳理郑樵、章学诚的校雠学说对于继承古代学术文化遗产，了解中国传统学术传承有着重要的意义。此前对于郑樵、章学诚校雠学说的研究最著名的无疑是钱亚新先生，钱亚新先生先后完成了《郑樵校雠略研究》《章学诚校雠通义研究》两本专著，但是钱亚新先生的研究毕竟只是奠基性的，还有诸多问题没有涉及，而近几十年来，随着地下考古以及文献考订，发现了许多新的研究资料。周余姣博士综合运用文本阅读、比较分析等方法，对海内外大量资料的阅读分析，成功梳理了郑樵、章学诚校雠学说的渊源、内涵、局限、对后世的影响以及校雠学说从郑樵到章学诚的发展理路等，可谓功莫大焉。

（2）考订前人讹误。《郑樵与章学诚的校雠学研究》一书所体现的第二个学术价值就是考订前人讹误，通过详细比勘郑樵《校雠略》中"十二类百家四百三十二种"与

《艺文略》中实际数目，同时参考吕绍虞"十二类八十二家四百四十二种"等已有成果，作者得出了"十二类四百三十五种"的结果，周书虽然没有详细考证出"家"的具体数字，但是就"种数"作出更正也是一大贡献。在此基础上，作者还具体分析了郑樵差错的原因，作者认为造成这一差错，既有卷帙浩繁等客观因素，也有郑樵过于追求数字上满百的主观因素，应该说这个分析是有道理的。虽然这看似只是考证了一个小问题，但是个中辛苦非亲身经历者是不能体认的，钱亚新先生也曾就这个问题进行过专门的研究，用钱先生的话说："看上去校正一个数字，没有什么了不得，但实际上所下的工夫，曾花了一个星期的脑力劳动。"（钱亚新著，谢欢整理：《钱亚新别集》，南京大学出版社，2013 年，258 页）这背后也反映了作者潜心学问之志，应了章学诚"沉潜者尚考索之功"之句，而学术研究正是在这种一点一滴的完善中不断向前发展，这类研究在当下浮躁的学术生态下更显难得。

（3）提出了一些新的观点。作者在《郑樵与章学诚的校雠学研究》书中提出了一些新的观点，如校雠学"四段式"发展路径。关于校雠学的发展阶段，现在常引用的都是章学诚的观点，章学诚提出了"向歆父子—郑樵—章学诚"三段式发展路径，但是周余姣博士从社会经济发展、代表人物特征、代表书目成果、校雠理论与实践活动关系的角度构建了"汉代向歆父子《别录》《七略》—唐代魏征《隋书·经籍志》—宋代王尧臣、欧阳修《崇文总目》及郑樵《校雠略》—清代纪昀《四库全书总目》及章学诚《校雠通义》"四段式校雠学发展路径。不管是哪个学科，凡是涉及学术分期，历来众说纷纭，很难有定论，周余姣博士提出的这个新观点我们也很难说明其是否绝对正确，但毕竟提供了一种新的视角，从这个角度看也是有价值的。除此之外，提出的后人对郑樵、章学诚二人学术的认可与承传，标志着二人主要校雠学学术著作《校雠略》和《校雠通义》学术经典地位的形成的观点也是比较新颖的。

（4）资料宏富。考察一项研究的重要参考指标之一就是研究者前期的积累，综观《郑樵与章学诚的校雠学研究》一书，作者援引了大量资料：不仅有中国学者的研究成果，而且有日本、美国学者的；不仅有中国内地学者的，而且有不少港台学者的成果；不仅有专著、期刊，而且有会议论文、学位论文；不仅有正式出版的，而且有未刊文献。其中值得一提的是，作者参考了大量非校雠学或者非郑樵、章学诚主题图书中涉及郑樵、章学诚的研究成果，这是非常难得的，因为当下不少学者尤其是青年学者在研究时，往往只是基于数据库所能查找的一些文献，而这势必会造成遗漏，特别是遗漏这种非相关图书中的研究成果。而尤其可贵的是，周余姣博士在书后制作了《郑樵校雠学研究的论著目录（1162—2012）》《章学诚校雠学研究的论著目录（1801—2012）》《郑、章校雠学比较研究的论著目录（1801—2012）》。当然，这些目录虽有遗漏，但是为后续学者继续研究提供了便利。

《郑樵与章学诚的校雠学研究》不足

《郑樵与章学诚的校雠学研究》一书确实是近年来研究校雠学的佳作，但是该书还是存在少许不足，主要体现在如下两个方面：

（1）"以校雠解校雠"，对校雠学或校雠方法的宏观考察不够。周余姣博士对郑樵、章学诚校雠学的渊源、内涵、局限等校雠学"微观内容"进行了深入阐发，然而对于郑、章乃至向歆父子校雠学说的宏观考察不够，即缺少将刘向、刘歆、郑樵、章学诚的校雠学说放在一个更为广阔的空间进行考察。例如后人提及向歆父子校书活动贡献，多关注其所撰《别录》《七略》，然而向歆父子校书贡献相较于《别录》《七略》所开创的大规模校订文字，整理典籍的内容、篇目，最后撰写叙录的学术传统，更重要的是"区分天下学术，诠论各派得失，建立起一套新的学术话语体系和话语方式，不同程度地影响了东汉乃至整个古代中国学术的发展方向"（邓骏捷：《刘向校书考论》，人民出版社，2012 年，1—2 页），后者的意义尤为疏远，而向歆父子校书的初衷是欲一统百家学术，其背后也隐含一些政治因素。因此，可以说向歆父子所开创的这套校雠理论其实是为其一统百家学术所服务的。

又如章学诚，章学诚在《文史通义》或《校雠通义》书中多次使用"文史校雠"一词，如"学诚从事文史校雠，盖将有所发明。然辩论之间，颇乖时人好恶，故不欲多为人知，所上敝帚，乞勿为外人道也""鄙人所业，文史校雠，文史之争义例，校雠之辨源流，与执事所为考核疏证之文，途辙虽异，作用颇同，皆不能不驳正古人"（章学诚：《章学诚遗书》，文物出版社，1985 年，332、639 页）等。由此表明"文史校雠"一词对于章学诚来说是有着特殊的含义的，后世学者之中余英时是较早注意到这四个字并对其进行深入研究的学者。他通过对章学诚著述的研读，同时对比戴震等章氏同期学者的著述，发现章学诚所谓的"文史校雠"，并非指《文史通义》与《校雠通义》两部著作，而是对他自身学术工作性质的一种描述，同时也是章氏"针对当时所谓的汉学家，尤其是戴震的'经学训诂'而特别提出来的。具体地说，章氏以'文史'为范围与'经学'相抗，以'校雠'为方法与'训诂'相抗。戴震由训诂以通经而明'道'，章氏则由校雠以通文史而明'道'"，即通过"厘清古今著作的源流，进而探文史的义例，最后则由文史以明'道'，来对抗当时经学家所提倡的透过六经进行文字训诂以明'道'之学。其目标则是要夺取六经之'道'以归之于史。"（余英时：《论戴震与章学诚：清代中期学术思想史研究》，北京三联书店，

2000 年，160、164 页）应该说，余英时的推断颇中肯綮，对后来章学诚研究产生了重要影响。在余英时这一论断之前，国内外章学诚研究者鲜有注意到这一点的，包括钱亚新在内的诸多研究章学诚校雠学说的学者都没有很好地注意到这一点。同样，郑樵的校雠学说也是为其"会通之义大矣哉"的"会通"服务的。《郑樵与章学诚的校雠学研究》书中周余姣博士隐约注意到了这些，但是没有深入阐发，这确实比较遗憾，而从宏观视角的阐发有利于更加深入、透彻地理解郑樵、章学诚的校雠之学。

（2）上文主要是指内容上的不足，《郑樵与章学诚的校雠学研究》一书在形式上也有一些不足，如 23 页"徐有富的《章学诚评传》"，徐有富撰写的是《郑樵评传》，《章学诚评传》是由仓修良所撰写；又如引用的王心裁的文献将"王心裁"误作为"王新裁"等。另外就是对章学诚的研究中遗漏了钱亚新先生的一篇重要文献《辨章学术考镜源流——试论章学诚校雠学说的中心思想》（刊发于《图书馆研究与工作》1982 年第 4 期）。

作为学术专著，还有一个不足就是书后没有编索引，不利于读者查找。作为研究郑樵、章学诚校雠学说的先驱钱亚新先生同样是我国索引学的开创者，他一生一直在提倡书后索引，而章学诚校雠学思想之一同样是编制索引，所以希望该书在再版时能弥补这一不足。

实事求是而言，校雠学（当下更多地以"目录学"相称）确实是比较枯燥的领域，研究成果也不易发表，也曾有学者感慨："如今写一篇目录学的文章，想寻求一家专业的刊物发表竟然都找不到，即便与目录学相近的图书信息之类的刊物，也很少设置目录学栏目，就是说目录学在当今几乎没有了存在的现实或者空间。即便有讨论目录学的文章，也只是讨论目录如某书经籍志、艺文志之类在具体领域的应用，人多将其归入涉及的专业而非目录学研究。"（杜海军：《中国古典目录戏曲发展史》，广西师范大学出版社，2015 年，327 页）但是，这并不表明校雠学或者说目录学不重要，尤其是在图书馆学领域，目录学是图书馆学的重要组成部分，还是希望能有学者特别是青年学者关注这一领域。

（原文刊于《山东图书馆学刊》2017 年第 1 期，收录本书时有删改）

地狱·天堂·图书馆

——《烽火守书人：伊拉克国家图书馆馆长日记》读后

前两日到图书馆借书，发现新书架上有一册《烽火守书人：伊拉克国家图书馆馆长日记》（下文简称《烽火守书人》），作者为伊拉克国家图书档案馆馆长萨德·伊斯康德，翻译者为台湾学者李静瑶、张桂越，上海三联书店2016年8月出版。由于专业的关系，笔者如今对于"图书馆"这三个字特别敏感，凡是见到书名中带有这三个字的都会翻一下。当时从书架上取下粗略浏览了一下目次及内容简介，感觉颇有意思，于是借回阅读。《烽火守书人：伊拉克国家图书馆馆长日记》一书文字内容并不繁杂，可读性颇佳，所以两三日便读完了，但是读完之后内心却是久久地不能平静，总想写些什么。

《烽火守书人》一书是伊拉克国家图书档案馆馆长萨德·伊斯康德撰写的工作日记，记录了其从2006年11月至2007年7月——九个月时间内在伊拉克国家图书档案馆工作时的经历与见闻，平白朴实的语言背后却蕴藏着无尽的力量，从这些文字中间，我读到了勇气、责任、平等与包容。

勇气。在阅读这本书伊始，脑中便涌现了第一个关键词——"勇气"，而这个关键词也一直伴随到全书的读完。2003年伊拉克战争结束不久，作者萨德·伊斯康德便接受了伊拉克国家图书档案馆馆长的任命，放弃了在英国舒适稳定的生活，拒绝了亲友的劝留，毅然回到祖国——战火尚未完全停息的——伊拉克，这得需要多大的勇气！而在伊拉克工作期间，爆炸、绑架、杀戮随时都在发生，据伊斯康德馆长在《烽火守书人》书中的统计，2006年1月到2007年7月，伊拉克国家图书档案馆遭非法伤害致死的员工有5人，员工亲属遭遇非法伤害致死的有10人，另外有6位员工遭遇了绑架。但是，就是在这种堪称"人间地狱"的环境中，萨德·伊斯康德馆长和伊拉克国家图书档案馆的馆员们仍然坚守自己的岗位，其勇气着实让人敬佩！

责任。除了"勇气"之外，阅读《烽火守书人》一书时脑中出现的第二个关键词就是"责任"。伊斯康德从英国回到故土伊拉克，参与战后重建，就是出于对祖国的一种责任感、使命感。而从伊斯康德馆长日记中，我们可以看到，虽然工作环境极其恶劣，但是他仍然制订了周详的工作计划，新建行政团队、重建档案馆藏品、兴建文献修复室、搜罗遗失书籍、发行刊物、介绍新书、将馆内文化场所免费提供使用、保管总统府史料、和腐败的官僚作斗争，给员工打气……这些都展示了一位图书馆馆长的责任感与使命感。

平等与包容。众所周知，宗教在伊拉克国家、社会生活中扮演着十分重要的角色，逊尼派、什叶派两大教派之间的冲突也从未停止过，然而从《烽火守书人》一书中我们看到在伊拉克国家图书馆工作的人员中，不仅有逊尼派而且有什叶派，两派人士平等友好地在一起工作，彼此尊重。除此之外，在伊拉克国家图书馆的职员中还有大量的女员工，这在伊拉克等中东国家也是非常不易的，因为在这些国家和地区女性地位非常低下，且不允许外出工作，外出必须以面纱遮脸。不同教派、不同性别的员工平等、友好地在伊拉克国家图书馆工作，这充分展示了图书馆的平等与包容。

作为一个学了十年图书馆学的专业教师，读完本书，由衷地感到骄傲与自豪！而本书封面上的一句话，也最能引起我的共鸣：即使在战火纷飞的"人间地狱"，天堂，依旧是图书馆的模样！

2017 年 4 月 19 日匆草于仙林喧庐

（原载《书林驿》2018 年第 1 期）

图书馆即是教育

——《回家乡建一座图书馆》读后

近年来，随着电子商务竞争愈发激烈，相关促销活动也是愈来愈多，如"双十一""双十二""6·18"等，对于爱书人而言，每年的"6·18"无疑是购书的大好时机，因为这时京东、当当等电商都会有非常诱人的购书折扣。在"6·18"前几日，我在当当网上浏览有关图书信息时，突然看到了网站根据我浏览及购买习惯向我推送的《回家乡建一座图书馆》（中信出版社，2019年8月）一书，这个书名成功地吸引了我的眼球，点开链接，浏览了一下图书信息后，将其放入了购物车，"6·18"一到便将其买下，这几日将该书读毕，在读的过程中，脑中一直萦绕着中国图书馆事业先哲李小缘先生的一句名言：图书馆即是教育。

《回家乡建一座图书馆》一书讲述的是该书作者同时也是浙江省首家公益图书馆创办者章瑾创办、运营图书馆的故事。

　　章瑾拥有耀眼的光环：剑桥大学双硕士，金融业高级从业人员，常年在北京金融街、香港中环等场所活动，谈的生意动辄就是几亿美元……我们很难会将这样一位在普通百姓看来是"精英"的人士与一座三线城市图书馆创办者联想在一起。那么章瑾为什么会选择在其家乡——浙江台州三门县创立一座公益图书馆呢？根据章瑾自述，2011年她在参观新加坡国家博物馆后，突然萌生了在家乡建一座图书馆的想法，2011年初夏，章瑾在家乡的一段经历，让她坚定了在三门建一座图书馆的决定。2011年初夏，章瑾回到家乡三门，遇到了几位刚结束高考的学生，在填报志愿时，家长和这几位学生都很迷茫，这让章瑾猛然惊醒："十几年过去，小镇居民们的生活水平也越来越高，但大多数人的内心却并没有什么改变。他们依然在十几岁的时候毫无目标，懒得独立思考并做出真正的选择。常年军事化管理的应试教育，让我们逐渐失去了目标感、感情与好奇心。在经济并不贫困的小城，在网络如此发达的时代，我们的思想仍然是匮乏的，不知道去哪里获得资源，缺乏能力和竞争力。'每一个人的家乡都在沦陷'。我的家乡似乎也是正在沦陷的一个。……如果十多年前，三门有一座这样的图书馆，既能开阔视野，帮助我找到自己的兴趣，又能帮我发掘自己的能力，那么叛逆少女章瑾就会有些不一样吧，也许她就能真的找到让自己有使命感，愿意用一生去付出、去做好的事情。"（pp.6—7）于是，章瑾找来幼时好友，向母亲借了自家的仓库，经过一番实地调研后，开始在三门创建图书馆，2012 年 6 月 17 日，浙江省首家公益图书馆——立光图书馆（2013 年改为"有为图书馆"）正式开馆。

章瑾 2011 年初夏的这番遭遇与感悟，决定了她所创建的图书馆的定位，即为青少年、儿童提供图书出借、举办各类读书活动，以活动为主、图书为辅的公益性微型图书馆。但是，图书馆创立之初，无论是在经费、人员、管理、吸引用户方面都遇到了不小的障碍，但是靠着章瑾及一大批怀揣公益梦想的"有为"人的努力，有为图书馆逐渐发展、壮大：从起初只有 4 位职员到拥有 1000 多名义工（其中包括三门县委书记以及来自全国各地大学生志愿者）；从旧仓库场地到政府提供专门用地；从起初的面向青少年读者，到后来的包括青少年、妇女、老年人在内的各类型用户群体；从被动等待读者上门到主动融入社区、进入学校、下到基层；从人气不高的草根图书馆，到年流通量 120%、年阅读量近 10 万人次（数据为 2017 年）、累计组织文化活动 1200 多场（数据截止到 2018 年）、影响 4 万多人（数据截止到 2018 年）参与的专业图书馆，有为图书馆实现了质的飞跃。伴随着有为图书馆的自我提升，有为图书馆的愿景也变为：培养终身学习者！在不断的实践中，有为图书馆也在不断突破"图书馆"的藩篱，成为三门当地的教育中心、学习中心、地方公共交流平台。

有为图书馆通过其流通出去的一本本图书、举办的一场场活动，不断推动三门教育革新。有为图书馆让我们看到了：教育并不仅仅是培养下一代，还包括老师、家长；教育的力量，有时也并非来自"桃李满天下"的荣誉感，而是来自教育本身对人潜力的激发。章瑾通过近十年的努力，向世人宣告：谁说每个人的故乡都在凋零？谁说"十八线"小县城没有文化？对阅读的需求，对精神生活的向往，一直在很多人心底沉睡，只是等待挖掘、召唤、激发（p.114）。

有为图书馆这十年来的历程，充分印证了李小缘先生的那句话——图书馆即是教育。作为图书馆学专业教师，从有为图书馆及章瑾的身上，我又一次感受到了图书馆学的价值，感受到了图书馆从业人员身上的力量。

2020 年 7 月 13 日初稿于云龙湖畔

（该文原以《回家乡建一座图书馆》为题刊发于《书林驿》2021 年第 1 期，收录有删改）

《书剑万里缘：吴文津雷颂平合传》评述

2019 年 5 月，笔者从微信公众号中读到了上海"澎湃新闻·私家历史"栏目刊发的王婉迪女士撰写的《陈毓贤：自称学术"票友"，思考深层问题》一文，文中提及在陈毓贤的介绍下，作者王婉迪认识了原哈佛燕京图书馆馆长吴文津先生，并对吴文津夫妇做了系列采访，同时王婉迪在文中表达了为吴先生作传的想法。因为研究兴趣使然，笔者一直比较关注北美东亚图书馆，所以在读完这篇文章后便记住了"王婉迪"这一名字，时常上网检索相关的信息，期待其所作的吴文津先生传记能够早日问世。

2021 年年初，笔者看到了王婉迪女士《书剑万里缘：吴文津雷颂平合传》（下文简称《书剑万里缘》）一书在台湾联经出版的书讯，在中科院自然科学史研究所图书馆馆长孙显斌兄的帮助下，终于得以一睹《书剑万里缘》一书全貌。

（一）

《书剑万里缘》一书由台湾联经出版社于 2021 年 2 月出版，全书正文分为：缘起：我是怎样认识吴文津雷颂平夫妇的；第一章：从"四书五经"到"盖茨堡演说"：吴文津和四川成都；第二章：生长在侨乡：雷颂平和台山；第三章：空军翻译官与华埠女学生；第四章：在西雅图华盛顿大学读书和恋爱；第五章：初出茅庐任职史丹佛（大陆多翻译为"斯坦福"）胡佛研究所；第六章：足迹天下，成为学界抢手人物；第七章：主持哈佛燕京图书馆；第八章："愚公弄"的生活点滴与在哈佛的朋友们；第九章：推动与大陆图书馆界的交往与回乡之旅；第十章："哈佛因你而成为一所更好的大学"；第十一章：旧金山湾区的退休生活；第十二章：文明新旧能相益，心理东西本自同。

除正文外，全书前面配有吴文津与雷颂平夫妇不同时期的彩色照片以及艾朗诺（Ronald Egan）、邵东方、李开复、陈毓贤四人撰写的推荐序文，书后附有余英时为吴文津《美国东亚图书馆发展史及其他》一书所作序文、吴文津自作《他山之石——记 1964—1965 年欧亚行》《吴文津著作目录》以及作者王婉迪女士所撰后记。

（二）

北美东亚图书馆界的华人馆员，是非常特殊的一个文化群体。自美国东亚图书馆建立至今已形成了三代华人图书馆员群体：第一代是 1949 年以前就到美国从事东亚图书馆工作，可以称作北美东亚图书馆事业先驱的一代，代表人物包括裘开明、吴文津、钱存训等；第二代是 1950年代到中国大陆改革开放之前这段时期到美国从事东亚图书馆工作的一批人，由于当时中国大陆还处于封闭状态，第二代人主要来自台湾或者香港，代表人物包括郑炯文、王冀、潘铭燊等；第三代是 20 世纪 80 年代以后到美国从事东亚图书馆职业的人，即目前活跃在北美各大东亚图书馆的群体。

陈宝琛先生曾经为哈佛燕京图书馆写下了"文明新旧能相益，心理东西本自同"两句题词，这两句题词可以说是北美东亚图书馆华人群体的真实写照，尤其是放在第一代北美华人图书馆员身上更为合适。第一代华人图书馆员群体从小深受"中国文化"熏陶，到北美以后又长期浸淫于"欧美文化"之中，起初，他们也有东西文化碰撞的煎熬，但是随着时间的推移，东西两种文化在他们身上得到了很好的融合与统一。借助于图书馆这一重要的渠道，他们一方面服务于北美中国学研究，孜孜矻矻搜集各类中国文献，为北美中国学取得今日成就做出了重要的贡献；另一方面，出于对中国身份的认同，他们又竭尽所能"反哺"中国，推动中美图书馆界的合作、中美文献资源的共享以及中美文化交流。

或许是由于"图书馆员"与生俱来的"甘为做嫁衣"

的"低调"品质，对于北美东亚图书馆华人馆员贡献的彰显，一直没有达到与他们所作贡献相匹配的程度。就中文世界而言，虽然有几位华人图书馆员出版有回忆录，如芝加哥大学东亚图书馆馆长钱存训先生晚年所作《留美杂忆——六十年来美国生活的回顾》（黄山书社2008年）、国会图书馆王冀先生所著《我在国会图书馆的岁月》（北京师范大学出版社2009年）、匹兹堡大学东亚图书馆馆长郭成棠先生所作《学府鏖战录——回忆在美国求学、工作、创业和退休的经历》（香港超泰出版社1998年）、《独上高楼望尽天涯路：郭成棠回忆录》（台北文讯杂志社2013年，该书系《学府鏖战录》的增订版，收录了《学府鏖战录》中的全部内容），哈佛燕京图书馆副馆长赖永祥先生的《坐拥书城——赖永祥先生访问纪录》（台北远流出版事业股份有限公司2007年）等，这类回忆录的数量相较于北美东亚图书馆中的华人图书馆员群体数量，还是如沧海一粟。而就中文研究专著而言，更是稀少，据不完全统计，目前也只有程焕文教授为哈佛裘开明先生所作的《裘开明年谱》（广西师范大学出版社2008年）、杨阳所著的《书籍殿堂的智者：杰出美籍华裔图书馆学家李华伟》（广西师范大学出版社2011年），另外钱存训先生也有几本相关纪念文集，如马泰来等人所著的《中国图书文史论集：钱存训先生八十荣庆纪念》（台北正中书局1991年）、《南山论学集：钱存训先生九五生日纪念》（北京图书馆出版社 2006 年）以及吴格编的《坐拥书城勤耕不辍：钱存训先生的志业与著述》（国家图书馆出版社 2013 年）等。

可以说，北美东亚图书馆的华人图书馆员群体是图书馆学、历史学领域亟待研究的选题。

（三）

作为北美东亚图书馆群体领军人物，先后执掌斯坦福大学胡佛东亚图书馆、哈佛燕京图书馆的吴文津先生，一直没有一本像样的传记或回忆录出版，这不得不说是一个遗憾。而王婉迪《书剑万里缘》的出版，虽然不能将吴文津先生的贡献完全展现，但至少能有效地弥补这一遗憾。

王婉迪女士通过一年的访谈，勾勒了吴文津先生丰富的人生经历：从成都的童年生活到重庆中央大学，从二战翻译官到美国留学生，从斯坦福到哈佛……透过《书剑万里缘》我们看到了一位学者、一位杰出图书馆学家的成长经历。尤其难能可贵的是，王婉迪女士将吴文津与夫人雷颂平女士的传记合在一起，让我们看到了著名学者的"另一面"，有助于读者更加全面地认识吴文津，这也是现有的北美华人东亚图书馆员回忆录所不足的。

此外，书中收录的一些照片、证书、书信等文献资料，也是增加了本书的史料价值，为后来学者研究提供了重要的参考。

（四）

《书剑万里缘》一书主要是基于口述访谈的方法，书中很多内容都是直录吴文津、雷颂平的口述，缺少充足的文献考证，这也是本书的不足，尤其是涉及北美图书馆事业发展历史的一些内容，还存在一些讹误，例如：

124 页。作者写道："1948 年，西雅图华盛顿大学筹备建立'远东和斯拉夫语言文学系（Far Eastern and Slavic Languages and Literature）'……那时华大图书馆里有一两千本无人问津的中文书籍，是三〇年代洛克菲勒基金会捐钱购买的，华大没有东亚图书馆，这些书籍未编书目也无人管理。……"其中对于"华大没有东亚图书馆"的论述，不是很准确。华盛顿大学早在 1909 年就设立东方学系，并任命高文（Reverend H. Gowen）担任系主任，开启了该校亚洲研究、教学及资料的收藏工作，1937 年华盛顿大学获得洛克菲勒基金会 4200 美元资助，开始采购中文图书，由此也标志着华盛顿大学东亚馆藏的开始。1939 年戴德华（George E. Taylor）担任华大东方学系代理主任，戴德华的到来促使了华大东亚图书馆的诞生，此后在洛克菲勒基金会的支持下，华大东亚馆藏持续增加，1947 年华盛顿大学东亚图书馆正式更名为远东图书馆，成为华大图书馆系统的一部分，同年 9 月，露丝·克雷德（Ruth Krader）被聘为华大远东图书馆首任馆长。关于华盛顿大学东亚图书馆的历史，该馆馆长沈志佳女士在《回顾与展望：华盛顿大学东亚图书馆》一文中有详细说明。

208 页。脚注"美籍教师韦棣华（Mary Elizabeth

Wood）1920 年在中国创办的第一所图书馆专门学校，1929 年设立该校为'文化图书馆学校'"中"文化图书馆学校"不确，确切的应该是 1929 年"私立武昌文华图书馆学专科学校"。

273 页。"1979 年中美建交后，受北京图书馆的邀请，美国国会图书馆也组织了一个全国性的图书馆代表团访问中国……吴文津是其中三个华人之一，另外两位是国会图书馆附属法律图书馆东亚部主任夏道泰和中国研究资料中心余秉权。"这一事实的叙述也有误，1979 年，受北京图书馆的邀请，美国派出了以国会图书馆副馆长韦尔什（William J. Welsh）为团长，华伦·常石（Warren Tsuneishi）为秘的美国图书馆代表团，代表团先后考察了北京、西安、上海、南京、广州等地的图书馆、名胜古迹。9 月 30 日，代表团结束了中国的访问经香港返回美国。但其中华人成员有 4 人，除了王婉迪书中提到的吴文津、夏道泰、余秉权外，还有芝加哥大学东亚图书馆的钱存训。钱存训晚年撰有专文《中美图书馆代表团首次互访记略（1973—1979）》（初刊《国家图书馆学刊》，后亦收入钱氏所著《东西文化交流论丛》一书中）忆及此事。

再如袁同礼的职务，书中叙及有时写作"北平图书馆馆长"，有时又是"北京图书馆馆长"，从严格意义上说"北京"是不正确的，因为 1928 年国民政府定都南京以后，就把"北京"改为"北平"，国立北平图书馆也应运而生，而在国立北平图书馆前身一直是叫"京师图书馆"。北京图书馆通常是指 1949 年以后的名称，即现在中国国家图书馆的曾用名。

<h2 style="text-align:center">（五）</h2>

《书剑万里缘》虽然在一些有关史实上存在讹误，但是这并不影响该书对于了解吴文津、了解北美东亚图书馆发展史、了解北美华人史以及中美文化交流史的价值，期待该书能够增补修订，同时也期待更多关于北美东亚图书馆馆员的著作出版。

（原载于《高校图书馆工作》2021 年第 4 期，收录有修改）

第三辑

20世纪50年代中日书籍交往管窥

——从吉川幸次郎致方正书札说开去

　　笔者日前在南京大学档案馆查阅有关档案、史料时，无意中发现了日本中国学巨擘吉川幸次郎（1904—1980）在1957年与南京大学方正的信札，该通信札很好地反映了20世纪50年代中日学者之间书籍交往。关于中日两国书籍往来研究，成果很多，但大多集中于清末杨守敬等人赴日访书，民国时期内藤虎次郎、岛田翰等人来华购书，20世纪80年代中日邦交正常化以后中日往来学者的书事札记等，而关于1949年到1966年这一段时间内的情况，研究甚少。本文试图通过对吉川幸次郎致方正信函释证，从而一窥20世纪50年代中外图书交流情况。

（一）

　　南京大学档案馆藏吉川幸次郎致方正函内容如下：

吉川幸次郎致方正函（原件藏于南京大学档案馆）

方正君鉴：

月前承书，甚感先生求学之热心。我的元曲研究，搁下已久，从前写的有一本《元杂剧研究》是用日文写的（东京岩波书店出版），又不专讲该言，恐不适于先生之用。另外有我主编的《元曲选释》六本，我们大学人文科学研究所出版，此于笺释之业，似有些贡献。不知贵校有此书否。若无，颇想想法奉寄。若能得，贵校发公函，尤便。祝您健康与进步。

吉川幸次郎 顿首

丁酉三月卅一日

（二）吉川幸次郎与南京大学戏曲研究传统

要了解上述信的内容，首先需要对上述信中涉及的吉川幸次郎及南京大学元曲研究进行简要介绍。

吉川幸次郎 1904 年生于日本兵库县神户市的一个商人家庭，1920 年进入日本第三高等学校分科甲类学习，1922 年立志从事中国文学研究，开始学习中文。1923 年进入京都帝国大学文学部文学课，在狩野直喜、铃木虎雄等人的指导下学习中国文学，同时在内藤湖南、桑原骘藏的指导下研习东洋史，1926 年获得学士学位，同年升入京都大学研究生院。1928 年，受日本文部省派遣到中国北京大学留学，受业于钱玄同、朱希祖、马裕藻等人，1929 年 5 月暂时回国，同年 9 月再度返回北京。1931 年

4月受召归国，担任日本东方文化学院京都研究所经学与文学研究所研究员，同时兼任京都大学文学讲师，1947年获得京都大学博士学位，同年离开东方文化研究所，转任京都大学文学部教授。1956年8月，任京都大学文学部部长。1967年，从京都大学退休。1979年，担任日本中国文学研究者访华团团长，访问中国。1980年4月8日病逝于日本京都（张哲俊：《吉川幸次郎研究》，中华书局，2004年，363—378页）。

吉川幸次郎从20世纪40年代开始对"元曲"进行开拓性的研究，从1942年至1944年，他本人完成了《元杂剧研究》，1947年，吉川幸次郎凭借该书获得京都大学文学博士学位。《元杂剧研究》不仅是中国文学史研究中第一次较有系统地研究元曲的著作，同时也开启了吉川探索中国文学的大门（见严绍璗作《吉川幸次郎研究》一书序）。除了《元杂剧研究》之外，吉川幸次郎还编有《元曲选释》，凭借《元杂剧研究》《元曲选释》，吉川幸次郎在元曲研究领域占据了重要地位。

南京大学的戏曲研究历史可以追溯到20世纪20年代。1922年秋，曲学大师吴梅先生应南京大学前身之一的东南大学之聘，南归授曲。1939年吴梅先生去世后，吴梅先生的弟子卢前、唐圭璋、钱南扬、吴白匋等先后在此执教。20世纪50年代，在南京大学中文系教授陈中凡先生主持下，南大成立戏剧研究室。"文革"结束后，时任南京大学校长的匡亚明先生延请著名剧作家陈白尘先生出任南京大学中文系主任，戏剧研究室得以恢复，陈白尘亲任戏剧研究室主任。至此，南京大学的戏剧研究由古典戏剧扩展至现代戏剧和西方戏剧。可以说戏曲研究一直是南京大学重要学术传统之一。不过，对于上述信件的收信人"方正"，资料甚少，笔者也曾请教南京大学文学院有关教师，对于这位方正君都不大了解，只能有待后续挖掘。

（三）20世纪50年代中日书籍交往管窥

1945年8月15日，日本被迫接受《波茨坦公告》，宣布无条件投降，并于9月2日签署了投降书，第二次世界大战宣告结束。二战后初期，美国对日本实施了单独占领并对日本进行改造，日本完全丧失了外交权利，此时中国由于国共内战，对日本也是无暇顾及，所以二战以后，中日两国基本处于一种没有来往与停滞的状态。这种状态一直持续至1951年9月的旧金山和会，随着和会结束以及《旧金山和约》的签订，日本逐渐恢复独立外交权利。但是在与中国的关系上，迫于美国的压力，当时的日本政府也是选择亲台，不过中国政府并没有放弃与日本的关系，但是将对日关系重点放在了民间的经济和文化交流，两国的民间机构也签署了一些协定。1957年2月，随着岸信介内阁成立，中日民间交往受到了严重干扰。1957年6月，岸信介访问台湾，并公然支持蒋介石反攻大陆，岸信介的这番言行使得中日关系趋于恶化。本文提及的吉川幸次郎与方正之间的书信交往时间，正好处于岸信介组阁初到其访问台湾期间，从吉川幸次郎信中提及的方正的"月前承书"再到吉川的这封回信，表明在 1957 年 3 月时，中日民间交往还是比较正常与稳定的。

图书文献交换作为意识形态领域的重要阵地，自 1949 年以来一直严格管控。1955 年 7 月 16 日，当时的中华人民共和国高等教育部就出台了《关于对外交换或赠送书刊、资料等的几点注意事项》（机留（55）字第 777 号）对当时中国高校对外交换、赠送书刊资料范围、种类、交换国家（主要是分为苏联及各人民民主国家和资本主义国家两类）作了明确的规定，其中第四、第五两条内容如下：

四、凡与资本主义国家的学校或文教机关交换或赠送书刊、资料事，如属于文化部公布可以和资本主义国家交换、赠送者，则由各校院长负责审批后寄出，但需定期（半年一次）将此种交换或赠送书刊的情况函告我部。如属于文化部未公布可向资本主义国家交换或赠送的书刊及科学论文、植物种子等，则应由各校院长负责审查后连同审查意见一并送我部报国务院核准后外赠。

五、各高等学校接受外国交换或赠送的书刊及资料，应将其品名、数量及简要内容报我部备查。

方正在接到吉川幸次郎的回信后，也是立即上报南大中文系，南大中文系于 1957 年 4 月 24 日函请南京大学校方出具证明公函以便吉川幸次郎将相关图书寄来。南京大学校办在收到中文系的申请后，于 5 月 6 日由南大教务处函请南大图书馆查找是否有吉川幸次郎《元曲选释》一书，在查知南大图书馆未曾收藏该书后，于 5 月 9 日由南京大学校办以南京大学副校长李方训的名义拟就了致吉川幸次郎的函文，内容如下：

京都大学并转吉川幸次郎先生大鉴：

　　得悉先生编有《元曲选释》一种（共六册，由贵校人文科学研究所出版），我校深盼能得此书，以供有关师生研究参考，未审订购手续如何？尚祈赐示为感。

南京大学副校长　李方训

一九五七　五　九

上述信件在经南京大学校长审核后于 1957 年 5 月 11 日发出，但后续如何，有待进一步查考。笔者并未发现吉川幸次郎的回函，通过检索南京大学图书馆有关书目，也未发现吉川幸次郎所编六卷本《元曲选释》，或许是因为岸信介影响，两校中断了往来。

（原刊于 2020 年 12 月 30 日《中华读书报》）

《史学研究经验谈》阅读札记

　　余英时先生是当今少有的能融通中西的文史大家，我也是直到上大学后才知道先生大名，而真正接触并阅读余英时先生的论著要从 2011 年算起。2011 年至今，算一算也阅读了先生不少著作，但是不可否认，要想真正理解、领悟余先生的作品却不是一件容易的事，至今清晰地记得当时在阅读《朱熹的历史世界》《论戴震与章学诚》《方以智晚节考》等倍感吃力的情形；但是先生有些作品读起来却感到很轻松，如《重寻胡适历程——胡适生平与思想再认识》，该书可以说是胡适先生日记的导读本，而读该书时碰巧我正在阅读《顾颉刚日记》，两相对照无论是读《重寻胡适历程》还是读《顾颉刚日记》都有许多新的感悟。2012 年中华书局出版的《余英时访谈录》，读起来亦是颇为轻松，该书对于青年学者的启示作用也不容小觑。

　　近几日读了美国斯坦福大学东亚图书馆馆长邵东方先

生根据 2008 年 10 月 3 日访问余英时先生记录整理而成的《史学研究经验谈》(余英时著,邵东方编:《史学研究经验谈》,上海文艺出版社,2010 年 12 月)更有感触。我虽非史学科班出身,但是自小便对历史感兴趣,后来进入图书馆学这个领域之后也将图书馆事业史、图书馆学史作为自己的研究方向,读了这篇《经验谈》,感觉对于史学的认识、如何治史很有裨益,故就文中观点结合自己的理解,做一些阅读札记,也算自身的阅读心得罢。

(一)余英时先生谈到"史学的最大特色,在我看来就是它本身不是一个单独的学科……只要是有关人的活动的研究,史学都可以用的上"(p.7,本文所标页码即《史学研究经验谈》一书页码,下文同),其实这句话就是对史学地位或作用的一个认识,或者说是史学的定位问题,其实余英时先生的话中还表达了另外一层含义:史学是一种科学,同时也是一种研究方法,而且是一种基本的研究方法,适用于各种学科,包括自然科学,如自然科学中的物理学史、化学史、计算机发展史、机器发展史等都需要用到史学的方法。

(二)基于上述观点,我们在从事史学研究中一定要具备广博的视野,要广泛吸收其他学科如自然科学、社会学、哲学、政治经济学等各方面的知识,因为"历史作为一门综合性的学问,你的准备越充分丰富,你的研究条件就越好,你就多了很多副观察世界的眼镜。如果仅仅用一副眼镜，你只能看出一个面貌。而如果你有很多副眼镜随时换着看，就可以看出不同的面貌来"。（p.7）余英时先生形象地将其余学科的知识比作"眼镜"，而余英时先生之所以会取得如此大的成就也与他广泛的涉猎分不开，该文之中余先生就谈了自己广泛阅读其他学科论著的情况。

（三）史学研究是非常重视史料的，那么如何处理史料呢？余英时先生认为一定要分析出"内在的理路（inner logic）"，找到这些史料本身的脉络。余英时先生还具体用中国史研究的例子来阐释这个观点，先生谈到当下中国大陆不少学者都以西方尤其是马克思主义为宗，用马克思主义的观点来解释中国的问题，先生认为这就很容易犯"削足适履"的错误，因为研究中国的东西，一定要"从中国史料里面找到其本身的脉络，只有这样才能追溯中国的历史"。（p.3）当然，余先生也举了其他西方汉学家看中国史料时容易犯的类似的错误。处理史料的问题，换言之是"六经注我"还是"我注六经"的问题，根据余英时先生的观点，我们还是应该回到史料的本身，寻找其内在的逻辑与联系，千万不能将史料硬塞到某个已有的框架、观点或论断中去，这样很容易犯先入为主的错误，研究得出的结论也就缺乏客观性了。

（四）阅读是每一位研究人员最基本的任务，那么到底怎么样读书呢？余英时先生以其个人的成长经历及其所接触的钱穆等先辈读书经验提出：读书，最重要的是要有

"雅量"！所谓的雅量，具体言之，就是要看到他人论著中高明的东西，而不是不足，如果只看到他人不足就很容易自满，这样也就不能取得进步。余先生说道："读书的方法有几种，不管用哪种方法，都不要尽看人家的毛病，也要看人家的好处。专看人家的毛病就是显摆自己，觉得自己比人家高明。为什么要时时有一个念头，觉得自己比别人高明呢？我觉得这本身就是一个大问题。中国从前的读书人讲道德修养，不是说人人都要做道貌岸然的君子，就是指要有适当的认识，对别人有适当的尊重，我想这是相当重要的。"（pp.38—39）对而思之，发现自己以前在阅读过程中就犯了余英时先生所指的毛病，看了余先生这段话甚感惭愧！当然，通过其与邵东方先生的访谈发现，余英时先生所说的这种"雅量"当中其实还暗含一种批判式的思维，即你觉得别人哪里高明？为什么高明？这就需要有一个批判式的思维。

（五）对于史学领域年轻一代的学者，余英时先生也似乎发现了，当下他们中的许多人存在"急于求成"或"功利""浮躁"的心态，余英时先生认为这种心态是最最不好的，因为"如果想一鸣惊人，就一定不肯脚踏实地地一步一步走，一定还没有站稳就想跳了，这样一跳毛病就多了"。（p.45）因此，先生告诫年轻学者"名这个东西是不可靠的，要走扎实的路""我希望年轻一代的史学家能够脚踏实地"。（pp.45、48）其实，余英时先生发现的这个问题不仅是在史学领域，在中国当下其他所有领域都存在这个问题或者说倾向，当然我们不能否认一方面是由于当下的一些大环境的影响，但是现在的年轻学者缺少老一辈学人的那种"纯粹"、那种对学术的"敬畏之心"应该是造成这一问题的重要原因，虽然如此，我们还是要谨记前辈学者的教诲，脚踏实地，甘坐冷板凳。

以上数点，算是阅读《余英时史学研究经验谈》之心得，记下以为学习、自省之用。

2014 年 1 月 19 日于荆邑味斋

特蕾莎的"书"

　　作为捷克裔法国作家米兰·昆德拉的代表作——《不能承受的生命之轻》是当代世界著名文学作品之一，全书意象复繁、富于哲理、引人深思。在书中众多意象中，"书"是比较特别的一种，而常与"书"一起出现的是女主角之一——特蕾莎。在《不能承受的生命之轻》中，"书"对于特蕾莎，特别是在距离布拉格两百公里远的那座小镇生活时期的特蕾莎，有着极其特殊的意义。

　　书是身份的象征。特蕾莎是小镇上一家小酒店中的女招待，属于"下层"人士，但是特蕾莎喜欢抱着书在大街上行走，因为她觉得"书就像上个世纪花花公子的漂亮手杖，使她显得与众不同"。《不能承受的生命之轻》书中故事的时间背景是在"布拉格之春"（1968年）前后，而"上个世纪""花花公子""漂亮手杖"，这三个强调无疑体现了"书"对于特蕾莎的意义——上层社会的身份象征。

当她抱着书在大街上行走时，更可以看出她对当前身份的"厌恶"，她希望通过"书"，让公众觉得她是一位有"身份"的人。而当特蕾莎第一次出现在布拉格托马斯的医院时，她手中那本《安娜·卡列尼娜》也格外显眼，在距离布拉格两百公里的小镇大街上行走尚且喜欢抱着书，那么到了布拉格，行走在街头更需要有一本书，不过当她选择携带《安娜·卡列尼娜》来布拉格时，似乎也预示了她最后悲惨的结局。

书是灵魂的栖息地。特蕾莎在小镇生活的那段时期，一直受母亲"控制"。在母亲的要求下，她10岁辍学，15岁开始端盘子，而挣来的所有收入必须交给母亲，平常还须操持家务、照顾弟妹。尤其是母亲坚持要特蕾莎活在一个没有羞耻的世界，在这个世界，青春和美貌毫无意义，世界只不过是一个巨大的肉体集中营。这种世界对于一位少女而言，是无法理解，更无法接受的。悲伤、惶恐的灵魂深藏在特蕾莎身体之中，她想逃避这个毫无快乐可言的现实世界，小镇图书馆的那些书为她提供了这个机会。在书中，特蕾莎可以暂时摆脱母亲的控制，可以忘掉现实世界的种种不快乐，可以为她的灵魂找到一处栖息之地。

书是反抗世界的武器。书为小镇生活时期的特蕾莎的灵魂提供栖居之地的同时，还逐渐成为特蕾莎反抗围困着她的那个粗俗的现实世界、反抗母亲控制的武器，唯一的武器！通过书能获取知识，获得离开小镇的机会，离开小镇就等于离开了那个粗俗的现实世界，离开了母亲的控制，就能"出人头地"（特蕾莎在中学时代，曾经是班里最有天分的学生，那时的她便渴望着"出人头地"）！为此，特蕾莎如饥似渴地阅读从小镇图书馆借来的那些书，从十八世纪英国小说家菲尔丁到二十世纪德国小说家托马斯·曼，以至于每次洗衣服时，盆边都要放着一本书，边洗边翻书，全然不顾手上的水把书弄湿。书中的这些知识，也为特蕾莎积聚了一股巨大的生命潜能，为她到布拉格满怀激情投入新生活奠定了重要基础。

行文至此，笔者不禁想到秋禾师常说的一句话："阅读的根本功能在于构建一个人的知识，知识造就一个人的文化，文化改变人的性格，性格决定命运！"

2016 年 2 月 3 日于荆邑味斋

24 小时书店不能 "大跃进"

前两日网上浏览到一则新闻，说宁波第一家 24 小时书店——天一书房，将在今年世界读书日（4 月 23 日）正式营业，这对于爱书之人来说绝对是一个好消息。联想到今年 1 月份看到的一则新闻，说湖北省新华书店集团将在武汉推出 24 小时书店——九丘书馆，这也是武汉地区第三家 24 小时不打烊书店，但是同则新闻中还报道了 2014 年 10 月武汉的第一家 24 小时书店——物外书店于 2016 年 1 月 1 日起正式关停了 24 小时不打烊业务，营业时间恢复成以往正常时间。

说起 24 小时营业书店，国人较早知悉的是台湾的诚品书店，台湾诚品书店于 1999 年开创的这种 24 小时营业模式可谓开风气之先。大陆地区最早是上海大众书局于 2012 年尝试 24 小时营业，但不久便停止了这项业务。此后，24 小时书店再度引起各界的关注是北京三联韬奋书

店，该店于 2014 年 4 月 8 日开始尝试 24 小时运营，4 月
18 日正式营业，4 月 23 日——第 19 个世界读书日——举
行开业揭牌仪式，一时引得各大媒体争相报道，全国范围
内也掀起了一股 24 小时书店热，各地竞相尝试，大有 24
小时书店"大跃进"之势。

虽然现在网络书店发展得如火如荼，但是对于任何一
位爱书之人而言，徜徉于实体书店的那种感觉是网络书店
永远不可能具备的。就每一位爱书人个人而言，对于 24
小时书店肯定是持欢迎态度的，毕竟一个城市多了一处淘
书、看书之地，何乐而不为！然而，从各地建设 24 小时
书店的热潮来看，这 24 小时书店正在渐渐变味，除了书
店的身份之外，更多了"文化象征""文化地标""书香城
市"等象征外衣，似乎一座城市有了一所 24 小时书店就
表明该城市文化事业发达、居民阅读氛围浓。殊不知，在
这"风光"的背后，一所书店采取 24 小时经营模式，每
天得增加数万元的成本，而就已有的 24 小时书店经营情
况来看，基本处于亏损状态，不少 24 小时书店经营主体
都感到难以为继。如果真的这样，与其为了迎合有关方面
的"面子"，那还不如关停 24 小时书店业务，或者像北京
的 Pageone 书店，只在周末 24 小时经营。

24 小时书店与社会的阅读风气、城市经济结构与发
展水平、城市自然条件、城市人口结构等都有着密切的关
系，我们不能给书店增加太多的"额外负担"，书店只是

书店，当下的实体书店经营已经十分困难。所以各地与其"大跃进"式地建设 24 小时书店，还不如将这一部分资金补贴给已有的那些实体书店，用于维护其生存或帮助其转型，这样或许比开一家不能长久维持的 24 小时书店更有意义！

2016 年 4 月 17 日晚于仙林喧庐

读书要有世界眼光

古人常说"开卷有益"，意思是只要打开书本阅读，就会有所得益。当然，古人的"卷"主要是指中国的书。如今伴随着全球化浪潮的快速推进，各种文明、文化之间的接触越来越频繁。因此，就读书而言，我们除了要看中国书之外更要多读外国书，读书要有一种世界眼光。

晚清以降，面对着西方船坚炮利，中国出现了"西学"一词，似乎是为与"国学"相抗衡，如文学科目中有中国语言文学、外国语言文学，历史科目中有中国历史、西洋历史（或世界史）。经过百余年的发展，这种划分造成的影响就是"内"与"外"，"我者"与"他者"的二元对立，严重禁锢了中国人的思维与视域。

世界发展历史已经清晰地表明，中国无法脱离世界单独存在，中国历史是世界历史的一部分，中国文化也是世界文化的有机组成部分。因此我们在读书时，也一定要有一种世界眼光，不仅要读中国书，还要读外国书；外国书中不仅要读欧美书，还要读日本、朝鲜、蒙古、非洲等国家地区的著作，而关于这一点，周作人很早也曾叮嘱过"不能只盯着英语文学，我们还有德、法，还有朝鲜、蒙古"。

全球化的今天，我们在读书时一定要具备世界眼光，因为这样不仅能清楚地认识别人，更能清楚地认识自己！

2016 年 12 月 25 日晚于仙林喧庐

《史家陈寅恪传》得后记

日常生活中常听得人说"缘分"这个词，找人生伴侣要看"姻缘"、日常相处有"人缘"，而佛家的说法就更多了。对于喜爱藏书的人来说或许还存在"书缘"，有"书缘"的人迟早都会得到他想要的书，没有"书缘"的人，任凭你花费再多的时间与金钱，始终与想要的书悭一面。对于"书缘"这一说法，我是有点相信的，我虽然没有藏书家之志，但是遇到喜爱的书也会购买收藏，在我有限的藏书中有一个重要的主题就是与陈寅恪先生有关的论著。

陈寅恪先生学识渊博，于历史、文学、哲学、宗教、语言等方面均有涉猎，而其提出的"自由之思想，独立之精神"更是影响深远。寅恪先生逝后，不断有人为其立传，然诸多传记中汪荣祖先生撰写的传记是不得不读的。汪先生的《史家陈寅恪传》初版 1975 年由香港波文书局发行，后经汪先生修订后于 1984 年在台北联经出版了新版《史家陈寅恪传》，两次刊印大陆学人都难以读到，对于研究、喜爱和想要了解陈寅恪先生的人而言，不得不说是一个遗憾。但是令人欣慰的是1992年，江西百花洲文艺出版社将《史家陈寅恪传》纳入"国学大师丛书"在大陆出版，为求统一，原书名改为《陈寅恪评传》（此书于2010年再版），然而《陈寅恪评传》在出版时"丛书编者未经作者同意擅自删改内容，意颇怏怏"。（见汪荣祖《史家陈寅恪传》北大增订版自叙）好在后来北京大学出版社又再版了《史家陈寅恪传》，作者汪荣祖再次对该书进行了修订。北大社的《史家陈寅恪传》出版后不久便售罄，而在相当长一段时间内，孔夫子旧书网上都不曾见得此书出售的讯息，我亦尝试联系北大出版社，但出版社迟迟未给答复。也请诸好友帮忙，中山大学肖鹏兄有一朋友做旧书生意，他那的确有一本，但要价颇高，对于当时的我而言确实承受不起，遂只能暂时搁置。多方探寻大半年仍不得该书，以为与此书无缘。然而应了老百姓那句话"是你的始终是你的"，前几日浏览孔夫子旧书网，不知怎么回事突然在搜索框中按下了"史家陈寅恪传"这几个字，但是结果却让我大喜，发现北京一家书店有此书出售，赶紧电话联系，告之此书为原版，而非复印本（我曾经在淘宝网发现有此书，要价也只要四十多元，本想立刻拍下，但和店家交流之后得知是复印本，我也庆幸没有一时冲动）。此处得知是原版，且价格不贵，遂赶紧买下！一周之后书便由北京寄至家中，打开包裹后发现确系北大出版社原版，且品相亦佳，大喜之！得到此书，加之之前得到的《陈寅恪评传》，汪荣祖先生在大陆出版的关于寅恪先生的传作，味斋皆有庋藏！

2011 年 4 月 2 日于荆邑味斋

《美国国会图书馆指南》得后记

今日下午去拜访钱亮先生，闲谈时突然聊到美国国会图书馆（Library of Congress），钱先生立即起身从身后的书柜中抽出了一本精美的小册子递给我翻阅并说赠送予我，我接过来一看，是一本题名为 *Guide to The Library of Congress*（《美国国会图书馆指南》）的小书。

这本薄薄的小册立刻勾起了钱亮先生 30 年前的回忆，1983 年钱亮先生受国家资助赴美国做为期一年的访问学者（visiting scholar），而关于当时赴美名额一事，又有一则小故事：当年农业部给钱亮先生所在的单位——农业部南京农业机械研究所——两个出国学习的名额，1980 年代初正值"文革"结束后不久，封闭了十年的中国知识分子迫切需要了解西方世界的动态。同样，在南京农机所申请这两个出国名额的人也非常多（当然也包括钱亮先生），所方对于申请者提出了如下几个条件：第一必须是工程师及以上职称；第二年龄不超过 50 周岁；第三懂英语。而满足这三个条件的人实在太多了，农机所领导考虑到前两个条件属于客观因素，于是决定采用英语考试，择优录取，谁英文好把名额给谁。考试结果公布，钱亮与另外一人排名前二，获得了这两个出国访学的名额。就在访学名额分配结果公布后，农机所不少人不服气，找到所中领导，认为不能让两个"右派"出去（钱亮与另一位获得出国名额的人在 1957 年都被打成"右派"），这些人认为这两人一旦出国肯定就不会回来了！好在农机所时任领导较为开明，还是按照最初的结果分配访学名额，但最后在赴美访问期满时，钱亮如约返回中国，而另一位却真的留在了美国。

在美国期间，钱亮先生曾去参观了美国国会图书馆，而这本《美国国会图书馆指南》就是钱先生在参观时馆方所赠送的。

1984 年钱亮先生回国后曾把此书送给其父——著名图书馆学家钱亚新先生——翻阅，至今书中还夹有一张便签，便签上有钱亚新先生手迹，并有一个标题"《美国国会图书馆指南·索引》初探"，标题之下标注了诸多符号和数字，我简单地比对了《美国国会图书馆指南》原书所附索引，对于钱亚新先生标注的这些符号和数字还是没弄明白，看来这需要日后细细研究。

1928 年 7 月尚在武昌文华图书馆学专修科读书的钱亚新先生完成了《索引和索引法：书籍杂志和报纸》（简

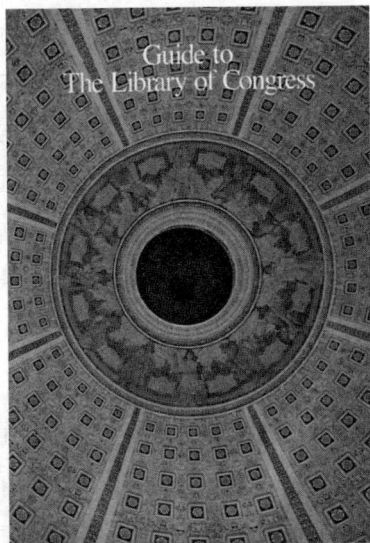

《美国国会图书馆指南》一书封面及书中钱亚新先生签条

称《索引和索引法》）一书的初稿，该书 1930 年 4 月由
商务印书馆出版发行，1935 年商务印书馆再次印刷，而
1935 年版也称为"国难后"（"国难"即指 1931 年"九
一八"事变）一版，但内容并未有所增改，该书后来还
曾在台湾翻印过，1990 年上海书店影印出版"民国丛书"
时亦将此书收录进内。《索引与索引法》是我国第一部现
代索引著作，也是钱亚新先生的成名作和代表作，幸运的
是笔者就藏有钱亚新先生钤印签名的 1930 年版《索引和
索引法》（此书亦是由钱亮先生相赠）。钱亚新先生对于索
引的关注在其六十年从业生涯中从未间断，而这张小小的
纸片又是一个很好的例证！

2013 年 4 月 13 日于南大南园

毛坤先生《西洋史部目录学纲要》油印讲义得后记

　　学友孙晓宁兄赴蓉开会，曾托其在蓉期间去看望近代著名图书馆学家、档案学家毛坤先生哲嗣毛相骞老师，晓宁兄今日返宁，意外的是他带回了毛相骞老师赠送的一份非常珍贵的礼物——毛坤先生《西洋史部目录学纲要》（1949 年四川大学油印讲义）原件，（该文后经整理，择要收录于《毛坤图书馆学档案学文选》）看到这份文献内心甚是激动，旋即向毛老师回一短信以示感谢。

　　说来，我与毛相骞先生相识时间并不长，2013 年 4 月 30 日，在四川大学党跃武教授的帮助下，我与毛相骞先生取得了联系。当初与毛先生联系主要还是因为钱亚新先生事，钱亚新先生与毛坤先生交情颇深，我从相关资料中得知毛相骞先生退休后一直在从事其父毛坤先生相关著述的整理研究，我觉得也许从毛相骞先生那边能得到一些有用的线索！在与毛先生联系后的第三天，即 5 月 2 日，我就收到了毛先生提供的两条与钱亚新先生有关的重要线索，此后毛先生又陆续提供给我钱亚新先生相关旧照、钱先生写给毛坤夫人任慎之女士的信件复印件等，这些资料为我编纂钱亚新先生年谱提供了很大的帮助。除此之外，毛相骞先生还先后赠送我《毛坤图书馆学档案学文选》（四川大学出版社，2000 年 12 月）、《档案经营法》（武汉大学出版社，2013 年 10 月），作为回赠，我在由我整理的《钱亚新别集》出版后，旋即寄赠毛先生一册，请其指正。与毛相骞先生认识只有一年多的时间，且每次联系或是通过电话，或是通过短信，亦或是通过邮件，始终缘悭一面。

前几日，听说晓宁兄要赴成都开会，且得知会议期间尚有一两日闲暇时，我立即请其去拜访一下毛相骞先生，一来是探望问候先生，二来是表达一下对先生的谢意。晓宁兄欣然应允后，我立即联系毛先生，毛先生得知后亦非常开心，并言"热烈欢迎我的朋友"！当天，我也准备了家乡宜兴的红茶及一封信函，请晓宁兄转交。

6 月 24 日一早，毛相骞先生就发短信询问我的朋友是否已出发，如未出发打算何时出发？并询问了好友的联系方式！这让我再一次感受到了老先生的热情！据晓宁兄返宁后转述，他在路上时毛先生数次打电话询问情况并指导路线！而当晓宁兄抵达毛先生家之后，毛先生亦给予了十分热情的招待，并赠送了一些别具意义的小礼物。对于我，毛先生则准备了一份"厚礼"——毛坤先生《西洋史部目录学纲要》油印讲义！

毛坤先生（1899.9.22—1960.6.1），字良坤，号体六，四川宜宾人，1922年考入北京大学预科，1924年升入北大哲学系本科，1926年肄业，同年8月考入武昌华中大学文华图书科（"文华图专"前身），1928年毕业后留校任教。从1928年留校到1946年，毛坤先生在文华图专工作了近二十年，历任助教、讲师、副教授、教授，并先后担任文华图专教务长、《文华图书馆学专科学校季刊》社社长等职。在文华图专工作期间，毛坤先生曾重返北大完成学业并于1929年获北大文学士学位。1947年春，毛坤先生受聘四川大学，任川大教授兼图书馆馆长，并于1950年、1956年两度遴选四川大学校务委员会委员，1960年6月1日逝世。毛坤先生一生著述丰富，在图书馆学、目录学、档案学方面都有精深的研究，对我国图书馆学、档案学事业发展做出了巨大的贡献。

《西洋史部目录学纲要》油印讲义共二十六页（五十二面），具体内容如下（部分章节名笔者根据内容概括）：

A：史部与目录（A1：历史之意义及其分类；A2：地理之意义及其分类；A3：目录之意义及史地目录之形式）

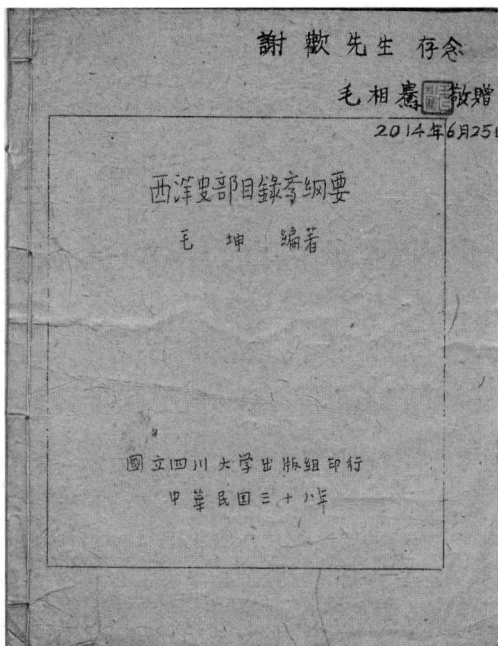

《西洋史部目录学纲要》封面

  B：大学图书馆组织及其所编目录之用法（B1：大学图书馆机构通常之划分；B2：最通行之卡片目录种类）

  C：参考书中史地方面之资料（C1：组成书籍各部分；C2：参考书之特点；C3：字典；C4：百科全书；C5：年鉴）

  D：杂志索引中史地方面之资料（D1：杂志索引与学术研究；D2：大学图书馆常见杂志索引例举）

  E：通论其他各类与史地有关之参考书

  F：历史书籍（F1：历史目录；F2：通论历史之书

的一些划分；F3：历史参考书；F4：古史；F5：英国史；F6：美国史书；F7：各国史及世界史）

G：传记（G1：传记通论；G2：传记之学；G3：集传；G4：传记家及其著作）

H：地理学（H1：地理学包含范围；H2：国人对于地理的认识及研究发展；H3：地理学工具书；H4：地理辞书；H5：地理指南；H6：地图；H7：游记；H8：英文中文历史书籍）

从上述内容可知，毛坤先生《西洋史部目录学》课程内容应该十分丰富，可惜由于诸多原因我们未能见到《西洋史部目录学》一书的问世，毛坤先生在《西洋史部目录学纲要》（讲义）序中也提及"时局动荡，印刷困难，笔记月誊抄，费时易误，故择要油印，以省时力"，这不得不说是学界一大憾事，假如《西洋史部目录学》能够出版的话，必定是我国目录学史上一部力作！

2014 年 6 月 25 日夜初草于南大南园

《钱亚新别集》后记

　　2007 年，负笈姑苏，入苏州大学学习图书馆学，学这个专业，说来也是一种巧合，但也许正应了那句话，"冥冥之中注定的缘分"，入学不久我便喜欢上了这个专业。记得那是大二的一天，我在阅读专业书刊的时候无意中看到了这样一个名字"钱亚新"，从书中介绍得知钱先生是我国老一辈著名的图书馆学家、目录学家，更吸引我的一行字是"江苏宜兴人"，宜兴，一个生我育我又让我时刻挂念的地方！从那时起，我就开始留心并收集钱亚新先生及与其有关的文献，这个举动，一来是出于对专业的热爱，钱亚新先生一生笔耕不辍，给我们留下了很多学术宝藏，通过对这些宝藏的挖掘，探索先生学术精义，是我辈图书馆学人分内之职责；二来则是出于对桑梓先贤的一种敬意。

　　2011 年，从姑苏辗转到了金陵，免试入南京大学继续研读图书馆学。南京，钱亚新先生后半生所工作居住的地方（说来也真巧，苏州也是钱亚新先生早年求学之地，抗战胜利后钱先生亦在苏州工作多年，可以说宜兴、苏州、南京是钱亚新先生一生中比较重要的三个地方，而这三个地方对于我来说也有着特殊的意义），我感觉离钱先生更近了。在中科院白国应先生、南京图书馆邹婉芬等老师的帮助下，经过颇多周折之后，终于和钱亚新先生的长子钱亮先生取得了联系。2011年12月的一个下午，在坐落于南京柳营的南京农业机械化研究所一间宿舍内，我见到了虽已七十八岁高龄但精神仍很矍铄的钱亮先生，那一个下午的访谈，我掌握了许多重要的资料。更让我欣喜的是，几天之后，钱亮先生打电话给我告知在钱亚新先生生前所居住的旧宅（现经重新装修，由钱亚新先生孙子居住）仍保留一箱钱老的文稿，他愿意把这些东西都赠送予我，这个电话让我久久不能平静，与钱亮先生约定好时间，前往钱老生前居住的小火瓦巷，当打开这个箱子的时候，发现箱内放有钱老三类文稿：一是"文革"期间所作的诗词，二是晚年的学术通信，三则是钱老的一些工作学习笔记！事后和不少师友谈及此事，他们几乎都说，"你得宝了！"的确，这是一个大宝贝！在此，也要对钱亮先生所代表的钱亚新先生家人对我的信任与支持表示最真挚的感谢！

当坐在沙发上和钱亮先生一同审视这些泛黄的纸页时，我脑子中立刻想到了一句诗，"藏山托付不须辞"，这是陈寅恪先生在 1964 年写给南下看望自己的学生蒋天枢教授的，其意在请蒋天枢先生为其整理出版著述。而此刻，翻着这沉甸甸的文稿，我也有想将这些早日整理出版的想法，张文襄公在《书目答问》中劝人刻书时所说的"且刻书者，传先哲之精蕴，启后学之困蒙"，我觉得这句话也是最能概括此事之意义的！

后将此想法告知我所在的南京大学信息管理学院院长孙建军教授，副院长陈雅教授，没想到得到他们的大力支持！这也是我一个普通的研究生没有想到的！在此对孙建军教授，陈雅教授深表谢忱！我相信他们对此事的大力支持对我整个学术生涯也将会产生极其重要的影响！

本书命名为《钱亚新别集》（在此之前曾出版过《钱亚新论文选》《钱亚新集》及《钱亚新文集》等，这几本集子都是以钱老学术论文为主），因之所收录的包括随笔、评论、回忆、总结、诗词等，但是并不是钱先生所有的随笔、评论、总结都收录，所收录的都是围绕图书馆学、目录学学术主题来开展的，对于学术研究有着重要的参考意义的文章。同样，像回忆、诗词等对于研究图书馆史（特别是对于研究钱亚新先生）、中国近代史尤其是"文革"史也有着重要的参考价值（这点我在本书诗词部分的"编者按"中已做了详细的阐述），但有些东西，也是因人而异的，对于不同的人是有着不同的价值！

本书的这些材料一部分来源于钱亚新先生的遗稿（未

发表且完整，部分未发表的文章因为在辗转过程中内容缺失严重，对于这些文章，未曾将其收入本集），一部分来源于之前已发表但是未被《钱亚新论文选》《钱亚新集》及《钱亚新文集》等收录却具有一定学术价值的文章（回忆部分有少部分内容曾被《钱亚新文集》收录，但是为了体现回忆的完整性，在编的过程中仍将其收入）！在收集这些资料的过程中需要感谢苏小波师兄（钱亚新先生去世后，曾将一部分稿子委托张厚生先生保管，张先生不幸早逝之后，这部分稿子又交于他的弟子苏小波保管，苏小波 2002 年入苏州大学图书馆学专业学习，后成为张厚生先生关门弟子）、顾烨青师兄（烨青师兄早岁亦毕业于苏州大学图书馆学专业，后入南京大学叶继元教授门下研学，与我有一度同门、两度同校之谊）、南京图书馆《新世纪图书馆》主编彭飞老师以及北京大学周亚兄等师友的帮助。

而在编辑整理的过程中，钱亮先生，"图林五散人"的其余四位——郑永田兄、刘方方兄、黄体杨兄、肖鹏兄，以及中山大学程焕文教授、淮海工学院图书馆王启云老师等也都给予了热情的关心与帮助！此外，尤其要提的是师弟李腾，他帮助我做了不少整理工作，而南大学友王锰兄也在整理过程中给予了一定的帮助，对于这些人，在此也必须对他们说一声"谢谢"！

初稿整理好之后，业师叶继元教授及徐雁教授做了认真的审定，并提出了一些使此书愈臻完善的建议，而继元师更是欣然为本书作序，这也使本书增色不少！再此也必须向两位业师表示由衷的谢意！

此外，还必须感谢的是南京大学出版社的王振义、施敏、刘雪莹、吕元明等诸位老师为本书编辑出版所付出的辛劳。

经过近一年的忙碌，《钱亚新别集》终于面世了，明年（2013）是钱亚新先生诞辰 110 周年的日子，因此，在这个时候出版这本集子，也就有了一些特殊的意义！而本书的出版，从某种程度上也可以说了了我的一件心事，但这并不意味着结束，对于钱亚新先生我还有诸多研究计划，如《钱亚新学术思想研究》《钱亚新年谱》《钱亚新传》等，所以说这本集子真正对于我来说应该是一个开始，路漫漫其修远兮，吾仍需不断求索！

当然，本书之中或许有一些错漏，还请方家不吝赐教，我的邮箱是：weizhaizhuren@163.com 。

谢　欢

2012 年 7 月初稿于味斋

2012 年 9 月定稿于南大南园

注：《钱亚新别集》，钱亚新著、谢欢整理，南京大学出版社 2013 年 5 月出版。

《吟啸徐行》后记

　　1988 年 8 月 5 日（农历六月二十三）我出生于江苏宜兴丰义乡（后"升级"为镇，如今因行政区划合并调整"降级"为村，隶属于官林镇），虽然地处苏南，乡镇经济也较发达，但这仍是一个普通的略显封闭的小镇。我的幼年、童年、少年时代基本都是在这个小镇上度过的，其间最远是在幼时由爷爷奶奶带着去过一次上海（不过已经没什么印象），除此，周遭就只去过几次常州、无锡，而独自出行，最远也就到常州。中学语文课上，每当老师讲到李白、徐霞客等人年轻时仗剑出游、遍访祖国名山大川的壮举时，钦佩、羡慕之心便油然而生，心中暗自思忖：我什么时候能像他们这样？2007 年，因为高考，我真正意义上地走出了这个小镇，走向了更宽更广的天地。

　　负笈苏州时，经常和几位好游同道，尤其是师弟李腾游走于苏州及周边各地，领略江南风物人情。有时一涉足某地，心中就会突然萌发出写些文字的念头，逐渐就有了本集中的篇章。现在回过头去看这些文字，尤其是2007年左右的那几篇，不觉好笑，因为从文字间不时地流露出中学生作文的稚气，此次结集本想对这些文字做一番修订，但后来想想，这些稚嫩的文字恰恰反映了我成长的过程，保留了"青春年少"的一丝痕迹。我能想见，若干年后再看这些文字，肯定会有"悔其少作"的感叹，但是承载着青春记忆的这些文字在"悔其少作"之余肯定还会让我"别有一番滋味在心头"！想到此，也就放弃了修改的想法，稚嫩就稚嫩吧！

2011年秋，我免试进入南京大学图书馆学专业攻读硕士学位（后又硕博连读），从姑苏辗转金陵，好游之心也愈发增长，几年间不但探访了南京的不少名胜，而且还走出了江苏，走出了中国。回头算算，包括港澳台在内的中国34个省市自治区一半以上都已涉足，不过距离我的目标还有一段距离（我曾发下40岁之前屐痕遍及中国34个省市自治区的"宏愿"）。这几年的行走，也确实增广了我的见闻，扩展了我的视界。尤其是随着年岁及智识的增长，现在每次出行除了看自然美景、沧桑遗存外，更加关注所到之地的普通"人"、普通"物"，从这些普通的人和物上所获得感受有时往往比美景、遗存更加深刻。曾经在新加坡著名作家尤今女史的游记《地球村的故事》（中国人民大学出版社，2015年）中读到过一段引起我强烈共鸣的话，她说：

很年轻的时候，到异乡异国旅行，靠的是双眼。看尽多少百花盛开的绚烂，也看过无数繁华落尽的凋零；看尽多少金碧辉煌的都城，也看过无数贫穷邋遢的乡镇；看尽多少勾魂摄魄的人间美景，也看过无数风吹雨打的断垣残壁。慢慢地，在平常的肉眼之外，我多长了一双体验生活的心眼。于是，在表面一派繁盛热闹的大好景况里，我看到了腐朽冷寂的另一个层面；在了无生气的萎靡颓败中，我却又窥见了暗暗滋长的蓬勃生机。盛盛衰衰，衰衰盛盛；兴兴败败，败败兴兴，每一个国家的命运前程和发展状况，实际上并不如它表面上所揭示的那么简单、那么明确；我从内藏乾坤的无数变化里，领略到旅行的无穷奥妙。

旅行渐多，阅历渐广，经验逐渐丰富，每回背起行囊外出时，除了把异乡异国的景象巨细无遗地收诸眼底之外，我也学会了静心聆听。我发现，每一个国家的每一寸土地，都是有生命的，旅人如果肯停驻匆促的脚步，耐心地听、专注地听，那么，当能在大地不绝的跃动着的脉搏里，听到许许多多动人而又动心的故事。这些故事，或许令你快乐，或许使你悲伤；不论它让你笑抑或令你哭，可以肯定的是，你能从中得到生活的大启迪、得着人生的大启示。

上述这段话在引起我强烈共鸣之时，不禁也让我想起了南大秋禾师在赠送给我的《秋禾行旅记》上题写的两句赠语"读有字书，悟无字理"。秋禾师的《雁斋书事录》《秋禾行旅记》对我的游记写作产生了重要的影响，而当我这本稚嫩的集子出来时，秋禾师又欣然为之作序，感激之情，溢于言表。除秋禾师之外，还得感谢阿滢先生将这本小书收入"琅嬛文库"之中。

本书书名《吟啸徐行》取自东坡《定风波》中"何妨吟啸且徐行"之句，东坡写作《定风波》时，正处于人生的低谷，不过对待人生的那种豁达使他在面对"穿林打叶"的雨点、"向来萧瑟"的过去时，依旧展现出"何妨吟啸且徐行""一蓑烟雨任平生"的潇洒与豪迈。这首《定风波》是我最喜欢的一首东坡词作，所以在为本书想书名时，脑中第一时间蹦出的便是这句"何妨吟啸且徐行"（虽然后来检索发现已有"所见略同"的先进用过"吟啸徐行"做过书名）。东坡好游，他的这种豁达或许与他的广泛游历也有关，好几次在我心情低落之时，我也选择了出游，游罢归来，心情较之出发前确实好了许多，这也是我亲身体会到的行走的好处！

2013年一部《致我们终将逝去的青春》在全国热映，引发了不少人尤其是80后一代的怀旧之风，本集收录的游记正好见证了我从本科到硕士、博士的人生历程，这一段青春时光正是人生最美好的一段时期，而在我即将结束学生生涯，开启人生新阶段之时，就用这本小书来祭奠我逝去的青春好韶光吧！

2016 年 5 月 14 日于南大仙林喧庐

注：《吟啸徐行》，谢欢著，山东画报出版社 2016 年 5 月出版。

《风雨同行　基业长青：全国高等学校图书馆期刊工作研究会成立二十五周年（1989—2014）纪念文集》后记

2013 年 9 月 12 日至 14 日，我跟随叶继元老师赴武汉大学参加"2013 年教育部高校图工委期刊研究工作年会暨全国高校图书馆第十四届期刊工作学术研究会"。14 日下午，在武大明珠园宾馆大厅，叶师与我闲聊期刊会的历史时，算了一下时间，不知不觉期刊会已经走过了快 25 个年头，当时叶师也颇感慨，随即提议编一本纪念文集，并在翌年（2014 年）期刊会成立 25 周年之时正式出版，以作纪念！自武汉回南京后，虽然偶尔也会谈及此事，但由于叶师手头的教育部重大项目、国家社科基金重点项目任务实在繁重，我们始终没有足够的精力与时间编辑这本纪念文集！

转眼到了 2014 年，在我多次"催促"之下，叶师决定启动期刊会纪念文集编辑事宜，并让我负责一些具体事宜。正巧，高校图书情报指导委员会秘书长、期刊会前理事长朱强老师来南京开会，叶师向他谈了编辑纪念文集的想法，得到他的大力支持，并当即表态，可以设法筹集出版经费。于是，编辑工作正式启动。我的一个重要研究兴趣为图书馆史（这也是叶师让我参与编辑期刊会纪念文集的重要原因之一），这两年随着我对图书馆学史及图书馆事业史研究的深入，我愈发地体认到史料对于史学研究的重要性。"史学以记述现代为最重，故清人关于清史方面之著作，为吾侪所最乐闻，而不幸兹事乃大令吾侪失望。……故清人不独无清史专书，并其留诒吾曹之史料书亦极贫乏"，（见梁启超：《中国近三百年学术史（新校本）》，北京：商务印书馆，2011年，331—332页）梁启超先生对清人不作清史的这段批评不仅让我印象深刻，而且犹如一口警钟时刻提醒着我作为图书馆史研究者，不但要重视时间距离较长的问题的研究，更要重视时间距离较短的问题的研究，如不能展开研究，也要注意史料的搜集、整理与编纂。编辑期刊会纪念文集无疑就是一次重要的史料搜集编纂工作。为此，2014年上半年，南大图书馆（全国高校图书馆期刊工作委员会秘书处所在）的张点宇老师以"全国高校图书情报工作指导委员会期刊及信息计量研究工作组、全国高校图书馆期刊工作委员会"的名义向全国高校图书馆期刊工作研究会各位理事、顾问、会员、高校期刊协调网成员和有关人员以及各省（市）高校图情工委期刊专业委员会成员和广大期刊工作者发出了《关于庆祝高校图书馆期刊会成立 25 周年征集文字材料、照片、实物、视频资料的通知》。该通知发出后，我原以为会得到积极响应，但数月过去，张点宇老师与我（该通知上写的联系人是张老师和我两人）收到的资料与征文只有寥寥数篇，当时有些沮丧！而在等待全国同行的资料与征文的同时，我们也着手开始查找当年的《期刊研究通讯》《连续出版物管理与研究译丛》《期刊管理与研究》等资料。依稀记得，戴着口罩从南大图书馆老馆一间多年不用的房间中翻出成堆《期刊研究通讯》时的喜悦（虽然事后整理发现并不是很全），凑齐全套《连续出版物管理与研究译丛》《期刊管理与研究》时的激动，那种心情非有过类似经历的人是不能体会的！

　　遗憾的是，由于诸多原因，在 2014 年——全国高校图书馆期刊工作委员会成立 25 周年之际，我们没能按时将纪念文集推出！不过叶师与我并未放弃该纪念文集的编纂。2015 年上半年，叶师与我重新制订了纪念文集编辑体例，原来打算编辑的如"期刊会 25 年大事记""历届学术研讨会论文目次"等内容由于部分资料的阙失只能无奈放弃。我再次撰写了"期刊会成立 25 周年征稿函"，经过叶师修改审定后，再一次发给相关学者，不过这一次我们有针对性地缩小了征稿范围，因此收效非常好！南京师范大学倪延年教授虽然现在已经脱离了图书馆期刊工作岗位，但是在收到征稿函后，仅用数天时间就发来了征文；北京大学图书馆朱强馆长、华北理工大学图书馆黄晓鹂馆长、中原工学院张怀涛馆长、浙江大学图书馆医学分馆陈益君馆长等在事务极其繁忙的情况下还是抽出宝贵时间撰写了征文。尤其让我感动的是何鼎富、秦邦廉、武振江等老顾问、常委，出于对期刊事业的热情也积极撰文应征，而从他们的文字中也让我感到了老一辈图书馆期刊工作者身上那种强烈的事业心！对于这些学者的大力支持，我们深表谢忱！

在整理相关资料中，南京大学信息管理学院图书馆学专业的研究生眭颖、佟倩、杨柳、徐雪明、李宗琦做了大量基础性工作；超星公司为纪念文集的出版提供了经费上的支持；南京大学出版社沈卫娟编辑为本书的顺利出版付出了艰辛的劳动。对于上述机构或人员，在此表示由衷的感谢！

当然，由于一些原因，本书也存在一些不足，尤其是有些资料我们未能找到，以致全书存在残缺，对此我们也深表歉意。如果哪位先进同仁手中有期刊会相关的而未收入本书的资料，还望告知（本人的邮箱为weizhaizhuren@163.com），以后如有机会出期刊会30、40、50周年的纪念文集或其他相关文献时我们一定补上！对于本书如果有什么意见也请批评指正！

谢欢

2016 年 2 月 27 日于南京大学

注：《风雨同行 基业长青：全国高等学校图书馆期刊工作研究会成立二十五周年（1989—2014）纪念文集》，叶继元、谢欢主编，南京大学出版社2016年10月出版。

《图书馆学导论》译后记

　　作为一门近代科学的图书馆学产生于 19 世纪初的欧洲，19 世纪 80 年代随着相关院校图书馆学课程或专门的图书馆学院系的开设，图书馆学正式得到学界认可。现代图书馆学虽然发源于欧洲，但是真正得到巨大发展还是在美国。从 19 世纪下半叶开始，美国涌现出了一大批卓越的图书馆学家，如卡特（Cutter）、杜威（Dewey）、达纳（Dana）等，其中尤其是杜威，开创的实用主义图书馆学传统因契合其生活的 19 世纪中叶至 20 世纪初的社会需求，逐渐成为图书馆学主流范式。然而，进入 20 世纪，实用主义图书馆学的弊端日趋凸显，如缺乏深度理论思考、学术性不强等，从而也导致了图书馆学学科地位不高、缺少足够的尊重等比较被动的局面。为扭转这一局面，美国图书馆学教育开始改革，1926 年芝加哥大学图书馆学研究生院的成立，无疑是图书馆学教育改革史上的标志性事件，而这其中芝大图书馆学研究生院教授皮尔斯·巴特勒（Pierce Butler）1933年出版的《图书馆学导论》（*An Introduction to Library Science*）无疑是一枚"重磅炸弹"，对实用主义图书馆学造成了猛烈的"打击"。

20世纪初，当社会学、教育学等学科纷纷争取独立成为一门科学时，图书馆学却对此表现出一种冷漠，而巴特勒在此时出版《图书馆学导论》，明确强调要把图书馆学从实用的经验主义阶段向前推进一步，提升到科学图书馆学的阶段。为此，巴特勒从社会学、心理学、历史学、图书馆事业实践等维度对图书馆学进行了科学的论证，并基于这些要素构建了图书馆学学科体系。这种运用新的科学思维模式与方法、将社会科学的理论引入图书馆学研究领域的尝试，突破了过往图书馆学界将图书馆学局限于实际活动的微观研究视野，"以一个恢弘的气度展现了一个多元化、同时又具深度的图书馆形象"（黄纯元：《论芝加哥学派（中）》，《图书馆》1998年第1期），拓展了图书馆学的内涵与外延，所以《图书馆学导论》被有关学者评价为"图书馆学思想发展的真正里程碑""在图书馆学思想的历史发展上具有划时代的意义"（袁咏秋，李家乔：《外国图书馆学名著选读》，北京大学出版社，1988年，351页），历史也已证明巴特勒的《图书馆学导论》确实是世界图书馆学发展史上的一部经典著作。

作为图书馆学史上的一部经典著作，我国学者李永安曾在 1936 年就将该书的部分内容译介至国内（载于《文华图书馆学专科学校季刊》1936 年第 1 期），不过由于李永安用词古奥，且"重写"色彩浓厚而并未引起学界的重视（周余姣：《一篇被忽略了的译文——巴特勒〈图书馆学导论〉在中国的首次译介》，《图书馆杂志》2011 年第 1 期）。1945 年徐家麟在《图书馆学报》上发表的《关于图书馆学认识的几点观察》一文中也介绍了巴特勒及其《图书馆学导论》，不过由于战时这篇文章同样未引起足够的重视。此后由于战争及学习苏联等影响，《图书馆学导论》直到 20 世纪 80 年代才重新走进中国图书馆学学人的视野，诸如《外国图书馆学名著选读》《图书馆学情报学经典著作选读》等书都收录有《图书馆学导论》的部分内容，但完整的译本至今没有出现，这不得不说是中国图书馆学的一个遗憾，而这也是促使本人翻译《图书馆学导论》的一个重要原因。顺带一提，除《图书馆学导论》外，欧美不少经典图书馆学论著，中国目前都没有翻译，我们对于欧美图书馆学论著的了解可能还是停留在一个"碎片化"的阶段。因此，希望越来越多的学界同侪先进能够愿意"为他人做嫁衣"，投身于这项工作。

虽然《图书馆学导论》出版距今已有 80 余年的历史，但是重读此书发现该书的诸多内容仍然发人深省、给人启迪（王子舟教授在中译本导言中已有所阐释），这或许也是经典的魅力所在吧！然而，就我近几年的经历来看，不少图书馆学研究生乃至青年学者，对于图书馆学的诸多经典著作不仅没读过，有些甚至都不知道这些经典的存在，而这也是促使我翻译本书的第二个原因。

翻译本书的第三个原因是，读研究生以来我的学术兴趣逐渐转向民国图书馆学史、文献学，花在中文文本阅读上的时间远多于英文，为了让自己英语水平不退步太快，所以决定利用闲暇时间做一些翻译工作，以保持一定的英文阅读量。在翻译这本书的过程中，我也明显地感受到了英文能力的提升，翻译一页书平均所需的时间随着翻译的进行变得越来越少。

我从2014年开始翻译《图书馆学导论》，其间由于撰写博士论文，断断续续到2016年才完成。完成后，在一个偶然的机会下，我和北京大学王波先生谈到了此书，王老师表示愿意介绍海洋出版社出版该书，经王波先生联系推荐，海洋出版社也同意将该书纳入出版计划，这也让我感到又惊又喜。没有王波先生的帮助，这本小书真不知何时才能出版。出版之事定下后，我抓紧对译文进行了二次修改，后又请美国北德克萨斯大学杜云飞教授帮忙审校，杜教授中英文俱佳，审校中不仅修改了译文中的一些讹误，还帮助润色了有关译文，大大提升了译本的质量。在此对王波先生及杜云飞教授致以最真挚的谢意！

此外，我还想郑重地感谢一下北京大学王子舟教授。2016年中国图书馆学会第九届理事会学术研究委员会成立，王老师担任图书馆学基础理论专业委员会主任，承蒙王老师厚爱与提携，我得以忝列图书馆学基础理论专业委员会之中。本届基础理论委员会的工作之一就是译介国外重要的图书馆学理论论著。因此，当我以此中译文请王老师撰写一篇导读文字时，王老师欣然同意，并利用暑期时间完成了一篇长文，这篇导读肯定会帮助读者更深入地理解《图书馆学导论》。王老师时间非常宝贵，尤其是暑期家中还有一些家事，因此当收到这篇导言的时候，我的内心也是非常感动！王老师多年前就已经呼吁"重读近代图书馆学典籍的必要性"，（王子舟：《重读近代图书馆学典籍的必要性》，《图书情报工作》2009年第11期）但愿越来越多的年轻学者能意识到经典的重要性！

在翻译出版过程中，海洋出版社编辑张欣女史在与国外出版社洽谈版权、编辑校对过程中付出了诸多辛劳。此外，周亚兄提供了其在美国访学期间搜集的关于巴特勒的珍贵档案资料，肖鹏兄也时时关心本书的翻译及出版进度，对于这些师友也是深表谢忱！

当然，任何翻译其实都是一次"重新阐释"，由于译者的学识本译本难免存在不足，还希望方家批评指正，我的邮箱是 weizhaizhuren@163.com。最后我想借用阿尔维托·曼古埃尔在《阅读史》一书中的一句话："翻译或许是一个不可能性、一次背叛、一场欺骗、一个发明、一道希望的谎言——但在过程中，它使读者成为一个更有智慧、更好的听众：比较不确定、更为敏锐、更幸福"（阿尔维托·曼古埃尔：《阅读史》，吴昌杰译，商务印书馆，2002年，340页）！

谢欢

2017年9月2日晨于上海

注：《图书馆学导论》，皮尔斯·巴特勒著，谢欢译，海洋出版社2018年4月出版。

《美国公共图书馆史》译后记

　　2018 年 10 月，在国家留学基金委的资助下我抵达美国达拉斯，开启了在美国北德克萨斯大学（University of North Texas）一年的访学生活。抵美后第 6 日，在一切都安顿好之后，我去学校拜访了此次来美的合作导师杜云飞（Yunfei Du）教授，初步商定了访学期间的工作任务。杜老师知道我对图书馆史感兴趣，在我告别时，从书桌上拿了一本英文书，借我研读，并告知该书是近年美国图书馆史研究领域的一本佳作。谢别杜老师回到所住公寓后，我打开了牛津大学出版社 2015 年出版的这本名 为 *Part of Our Lives: A People's History of the American Public Library* 的著作，此前在国内并未了解到这本书的相关信息，不过该书的作者韦恩·A·威甘德（Wayne A. Wiegand）的名字却颇为熟稔，因为他是美国图书馆史研究领域的一位巨擘，读过他的不少论著，而该书封底上摘录的美国《图书馆季刊》（*Library Quarterly*）、《图书馆杂志》（*Library Journal*）、《出版商周刊》（*Publishers Weekly*）、《教育史季刊》（*History of Education Quarterly*）、《社会史》（*Social History*）以及英国《图书馆与信息历史》（*Library & Information History*）等刊物刊发的书评文字，也从另一个方面印证了杜老师对该书的评价。

当天，我认真地读完了这本书的绪论，感觉很受启发。与以往美国公共图书馆史研究不同的是，威甘德采用了"由下往上"的研究视角，即从用户的角度来研究美国公共图书馆史，威甘德通过挖掘数百年来图书、期刊、报纸、公报、书信等文献中记载的用户利用图书馆的故事，发现了美国人民热爱公共图书馆的理由以及公共图书馆成为美国人民"生活的一部分"的原因。威甘德从用户的角度发现，美国人民热爱公共图书馆的原因主要有三点：第一，图书馆提供有用的信息；第二，公共图书馆促进阅读；第三，公共图书馆提供了公共空间。其中尤其是第二、三两点，长期以来一直没有得到图书馆界的足够重视，图书馆界（包括图书馆学教育）的焦点一直放在如何保障用户快速、准确地查找到有用的知识，对于普通民众的阅读、场所的价值关注不够。接下来的几天，我把主要精力都放在这本书的阅读之上。随着阅读的深入，我决定把这本书翻译成中文介绍至国内。此前，我曾翻译了巴特勒的《图书馆学导论》，深知翻译之艰辛，而且在"为稻粱谋"的现在，翻译作品很多时候都不被视为学术成果，得不到应有的认可，可以说翻译是一件"出力不讨好"的事。但当我读完威甘德这本书后，我还是忍不住想要把其译介给国内。

我从网上找到了威甘德教授的邮箱，冒昧地向他发了一封邮件，讲述了我阅读这本书的感受以及想把该书翻译成中文的想法。意外的是，第二日，我便收到了威甘德教授的复邮，在复邮中，威甘德教授不仅热情地表示愿给我提供力所能及的帮助，而且还和我分享了他正在撰写的最新一本关于美国南方公共图书馆历史专著的信息。更让我感到惊喜的是，不久后的 11 月 14 日早上，当我打开公寓信箱时，发现了威甘德教授寄来的精装签名本 *Part of Our Lives: A People's History of the American Public Library*。

翻译和普通阅读还是两回事。因为阅读，只求理解，而翻译，需要把全文一句一句地转译，尤其是书中涉及的一些典故，要求译者不仅对美国图书馆史，更需要对美国历史、文化有一定的了解，其难度可想而知。例如书中有一个"马克·希伯的幸运"的典故，阅读时，通过上下文勉强能猜出其意思，但是翻译就需要做出详细的解释以便于读者更好的理解。为此，我花费了好几天的功夫，终于在 1872 年 3 月 23 日出版的 *The College Courant* 周刊上找到了这一个故事的来龙去脉。类似的情况，还有不少。好在，偏居美国南部乡村，拥有足够的时间来翻译，与此同时，翻译也成为消磨异国无趣生活的良方之一。2019 年 5

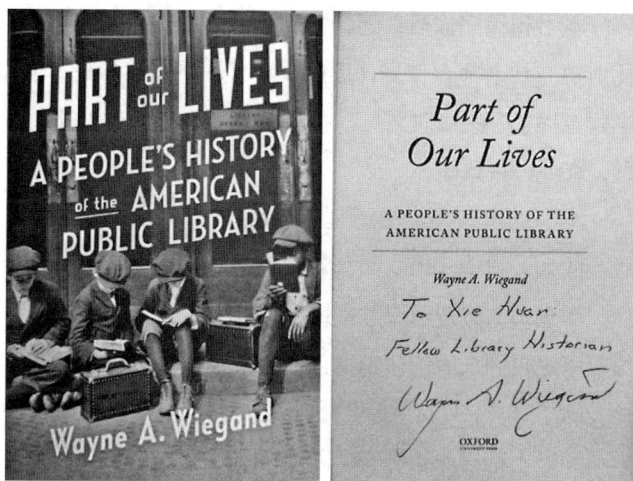

《美国公共图书馆史》原版封面及作者题签

月 8 日,我终于完成了全书的翻译初稿,6 月 26 日,又结束了第一次校对修改。从决定翻译这本书,到完成初稿以及现在中文版的正式面世,首先要感谢的就是威甘德教授,其间我们多次就书稿中的一些问题往来邮件讨论,威甘德教授耐心地解答我一个又一个的问题。遗憾的是,由于一些原因,在美期间,和威甘德教授缘悭一面,好在 2019 年10 月回国后我们仍然保持邮件联系,不时分享生活与研究中的信息。这本中译本原定于 2020 年问世,但由于新冠疫情等原因,推迟至 2021 年,威甘德教授对此也都表示了理解。威甘德教授著作等身,他关于美国图书馆史研究的很多精彩论著都值得译介至国内,但此事只能有待来者了。

本书初稿完成后，还请杜云飞教授帮忙审校了一通，此前曾与杜老师合作翻译巴特勒的《图书馆学导论》，杜老师也提了一些修改意见，在美一年，承蒙杜老师多方照顾，在此一并致谢。

本书的出版还需要感谢邓咏秋老师及国家图书馆出版社的大力支持。当我和邓老师说起本书并略述其价值之后，邓老师欣然表示愿意资助出版该书，而从版权洽商到编校审定再到最后的印刷设计，都凝聚了邓老师的诸多心血。除了这些，邓老师还给我介绍了谢天老师，谢天老师本科和硕士都毕业于外交学院英语专业，曾在国家图书馆从事多年对外文化交流工作，有着十多年的翻译经验，译有《明代的监察制度》《社交的本质：扎克伯格的商业秘密》《拉新：快速实现用户增长》（中信出版社）等。谢天老师，善于将英语中一些复杂的长句简明扼要地用中文表述，现在呈现在读者面前的这部译稿，谢天老师也是贡献良多，她不仅帮忙修改、润饰了很多内容，而且不少长句都进行了重译，以便更好地适应中国读者，为了彰显谢天老师的贡献，所以在署名时，署了我们两人的名。

此外，还要感谢美国圣何塞州立大学信息学院罗丽丽教授在本书翻译和编辑出版过程中耐心地为我们解答了很多的疑惑，帮助译本表达得更准确。

本译稿的问世，最后还需要感谢我的妻子。2018 年，内子毅然辞去了在很多人看来都非常羡慕的检察院的公职，与我一起赴美。正是有了妻子的陪伴，为我这一年的美国乡村生活增色了不少。本书在翻译过程中，内子也帮忙查阅了不少资料，正如威甘德教授把这本书献给陪伴他五十年的妻子 Shirl，我也想把中译本献给我的妻子。

最后，需要坦言的是，翻译是个苦差，用杨绛先生的解释就是"翻译一切得听从主人，不能自作主张，而且是一仆二主，同时伺候着两个主人：一是原著；二是译文的读者。译者一方面得彻底了解原著，不仅了解字句的意义，还需领会字句之间的含蕴，字句之外的语气声调。另一方面，译文的读者要求从译文里领略原文，译者得用读者的语言，把原作的内容按原样表达；内容不可有所增删，语气声调也不可走样。……译者须对原著彻底了解，方才能够贴合着原文，照模照样地向读者表达，可是尽管了解彻底未必就能照样表达。彻底了解不易，贴合着原著照模照样地表达更难"。（杨绛：《走到人生边上：自问自答（增订本）》，商务印书馆，2016 年，第 229 页）由于译者水平有限，难免有讹误之处，还望读者不吝赐教，我的邮箱是 xiehuan@nju.edu.cn。

谢欢

2021 年 1 月 31 日于彭城云龙湖畔

注：《美国公共图书馆史》，韦恩·A·威甘德著，谢欢、谢天译，国家图书馆出版社 2021 年 6 月出版。

《钱亚新年谱》后记

　　这是一本"无心插柳"的论著，我从 2011 年开始系统研究钱亚新，并着手搜集、阅读相关文献。在"上穷碧落下黄泉"的过程中，不知不觉积累了不少资料，尤其是 2011 年年底，钱亚新哲嗣钱亮先生将钱亚新部分手稿、学术通信、工作札记等资料赠送给我，更是让我如获至宝。在处理这些资料的过程中，我决定为钱亚新先生编撰一本年谱，年谱工作是从 2012 年开始的，不过，由于当时主要精力都放在撰写博士论文上，年谱的编纂一直处于断断续续的状态。2016 年，我完成了题为《钱亚新图书馆学学术思想研究》的博士学位论文，并顺利通过答辩。当时，在提交博士论文时，本想将"钱亚新年谱"作为博士论文的"附录"之一，但是 2016 年年初时，发现年谱已近 30 万字，体量过大，无奈之下只得放弃。

　　2016 年博士毕业并留校工作，身份也从学生转变为

"青椒"，在"非升即走"的压力之下，开始了申项目、写论文的生活。2016年年底，我以"钱亚新年谱"为题，申请了国家社科基金后期资助项目，很幸运通过了评审，获得了2017年国家社科基金后期资助项目的立项资助。获得国家社科基金的资助，不仅为本书的出版解决了经费的问题，而且也大大缓解了我的科研压力，为后来职称晋升提供了巨大帮助。在获得国家社科基金资助以后，我抓紧对本年谱的内容进行修改，同时赴上海、苏州、湖南、武汉、宜兴、南京等钱亚新生前工作、学习、生活过的地方的档案馆、图书馆找寻资料，增补了不少内容，终于在2019年11月按照预定计划完成了书稿，并提交结项鉴定。2020年突如其来的新冠疫情，打乱了各行各业的节奏，按照惯例2020年年初就能完成的结项工作也被拖到2020年年底，好在一切顺利，完成了结项。

本年谱的编撰对于我个人而言是有着多重意义的，除了上述提到的获得国家社科基金资助，助力晋升职称外，这本年谱的编撰还让我在不经意间摸到了治史的门径。距离开始编撰钱亚新年谱多年后，无意间读到桑兵先生在《治学的门径与取法》中的一段文字（桑兵：《桑兵自选集》，中山大学出版社，2017年，28—29页）：

近代学术大家卓有成效的治史方法，是在宋代史家方法的基础上发展演变而来的。而宋人治史，尤以长编考异之法最为精当。……以长编考异之法研治历史，既是基本所在，也是高明所由；既有助于矫正时下的种种学风流弊，又能够上探领悟前贤治学的精妙，实为万变不离其宗的根本。其主要准则有二：其一，解读史料史事，必须遵循时空、人等具体要素，凡是脱离具体时空、人的事实联系，依照外来后出的各种观念架构拼凑而成的解读连缀，都是徒劳无功地试图增减历史。其二，历史的内在关联并非罗列史事即可呈现，而是深藏于无限延伸的史事、错综复杂的联系背后，必须透过纷繁的表象寻绎联系的头绪才能逐渐认知。

我在编撰钱亚新年谱的过程中，也是愈发地体认到编年对于历史研究的重要性，不管是人物研究，还是机构研究亦或是事件的研究，在研究之前，都有必要梳理一下这些人物、机构、事件的时间脉络，这样对于这些人物、机构、事件的前后发展、所处环境就有了一个大致的了解，这对于进一步的研究是非常重要的。近年来，我在从事图书馆史研究过程中，一直遵循这一理路，从编年做起。因此，从这个意义上而言，我要感谢这本书对于我学术研究的启蒙。

　　但不得不说，年谱的编撰是非常辛苦的，特别是对那些人生经历丰富、生命跨度长的谱主，所耗费精力尤巨，而钱亚新先生正好又符合这个条件。记得曾经在读香港大学历史系教授徐国琦先生的《边缘人偶记》时，书中一段话引起了我的强烈共鸣，徐先生在回忆其因为写博士论文到各地档案馆、图书馆搜集资料时写道（徐国琦：《边缘人偶记》，四川人民出版社，2017年，74页）：

> 尽管现在是高科技时代，但档案研究容不得半点投机取巧，要有恒心和耐心，更不能一味依赖电脑，要学会顺藤摸瓜。我的许多珍贵资料就是电脑目录上没有、档案馆的咨询专家都找不到的情况下，我用笨功夫旁敲侧击，用铁杵磨成针的工夫，慢慢淘出来的。急于求成和想走捷径是档案研究的大忌。

对于徐先生这段话，我深有同感，自从走上研究图书馆史的道路之后，我始终坚信"笨功夫"的重要性，虽然数据库的发展，确实为我们提供了不少便利，但是仍然不能替代图书馆、档案馆的"枯坐"。我依稀记得，在南大图书馆枯坐一个月翻阅《大公报》时的情形，在和有些朋友提起这事时，他们都说《大公报》有电子版，何必再去一页页看？电子版确实能方便搜索，输入"钱亚新"和钱亚新有关的信息就都出来了，但是很多其他信息也遗漏了。而我在翻读纸质版的时候就有一个意外的收获，发现了钱亚新先生以笔名"练佳"发表的一篇书评，这篇书评前人从未有人提及。除此之外，在《大公报》上还发现了许多其他与图书馆史有关的史料，提供了今后可资研究的选题，这些都是检索电子版无法代替的。当然，这种枯坐并不是百分之百会有收获，枯坐半月、一月什么都没发现的事也是常有的，个中滋味非有相同经历者不能体会！

我深知这本书无法穷尽钱亚新先生的一生，肯定有很多遗漏。就当我自认为比较完整的梳理了钱亚新先生论著编译系年之时，北京大学赵元斌博士在 2018 年 4 月的一天给我发来了几张署名"佚名"的文章图片，赵兄以姚名达为博士选题，这几张图片是姚名达先生哲嗣发给他的，文章原载于姚名达先生的夫人巴怡南编辑的《显微纪念册》，文章题目为《姚显微先生之不朽——为殉国周年纪念而作》，写作时间为 1943 年 6 月 18 日，地点是"兰田"。该文虽然署名"佚名"，但比对内容发现与钱亚新 1947 年 9 月未刊稿《姚名达与我国史学》基本一致，应该说《姚显微先生之不朽——为殉国周年纪念而作》一文是后来的《姚名达与我国史学》《姚名达与目录学》的源头。当时的心境仿佛是警察办案时发现了一条重要线索，其兴奋之情可想而知，与此同时，这又提醒我钱亚新先生是不是还有很多别的文章没有被发现。除了著作之外，其他不少资料我知道存于某处，但由于特殊的原因，现在还不对外公开，对于这部分资料，只能期待它们早日开放了。

除了对于我个人外，本年谱的出版对于图书馆学界或许也是有所贡献的。记得沈津先生曾感慨："近百年来，中国图书馆学界里，出了不少知名的学者、专家、教授，如缪荃孙、柳诒徵、沈祖荣、袁同礼、蒋复璁、皮高品、李小缘、汪长炳、姚名达、裘开明、王献唐、王重民、赵万里、屈万里、王大隆、顾廷龙等，他们在分类法、目录学、版本学以及图书馆的管理上都做出了非凡的贡献，可是，在这些高才伟器去世后，后人虽会记得他们，但是几十年来为这些先达树碑立传，或有关研究他们的专著却少有出版，而写出年谱者，仅有焕文兄的《裘开明年谱》及我的《顾廷龙年谱》而已。我注意到的是，即使是这些人物生前自撰的回忆录也不多。"（沈津：《书海扬舲录》，广西师范大学出版社，2016年，15—16页）钱亚新年谱的出版，应该是继《裘开明年谱》《顾廷龙年谱》之后，中国大陆图书馆界正式出版的第三本图书馆学学人年谱专著，书中披露的诸多资料，对于丰富图书馆史料，助力图书馆史研究应该还是有所裨益的。但是，需要说明的是，书中很多书信没有原文披露，只是择要说明，我原计划把所见的书信原文著录，但如果这样，字数得增加十几万字，而国家社科基金后期资助项目经费有限，所以，只能无奈放弃，不过，我坚信这些书信的"庐山真面目"总有一日会揭晓的。

本书的出版，首先还是要感谢以钱亮先生为代表的钱亚新先生家人的信任与支持，除了钱亮先生之外还需要感谢毛坤先生的后人毛相骞老师、朱偰先生的后人朱元春老师、许培基先生、倪波先生、白国应先生等老一辈学者，从这些老先生的身上我看到了"传统"与"传承"的美德；其次感谢苏小波师兄将其收藏的张厚生先生保管的钱亚新部分文稿赐示。此外，我还要郑重地感谢几位师友：华东师范大学范并思教授、南京师范大学倪延年教授、上海浦东图书馆邹婉芬老师、江南大学顾烨青师兄、中山大学肖鹏兄、北京大学周亚兄、上海大学张衍兄、泉州师范学院郑锦怀兄、南大台湾籍同学黄冠升兄、国家图书馆马学良 / 孙蕊伉俪、武汉大学彭敏惠学姐、湖南大学刘平老师、湖南省图书馆宁阳老师、山东图书馆白兴勇兄、上海图书馆杨敏老师、国家图书馆刘博涵博士、淮海工学院王启云老师、江南大学图书馆金星老师等，他们或为我联系图书馆、档案馆，或为我提供大陆民国时期、台湾及外文珍贵资料，或从其他方面关心、帮助本书的撰写。没有这些师友的帮助，本书肯定会逊色不少。

　　除了这些我知道姓名的师友外，我到访过的国家图书馆、南京大学图书馆、中国人民大学图书馆、南师大图书馆、南京图书馆、上海图书馆、湖南大学图书馆、湖南师大图书馆、湖南省图书馆、宜兴图书馆等诸多图书馆以及那些不知姓名的老师，也非常感谢你们的帮助，你们的帮助让我这个学图书馆学的读者更加深刻地感受到了图书馆员职业的伟大！除了图书馆之外，我到访过的中国第二历史档案馆、江苏省档案馆、湖南省档案馆、湖北省档案馆、南京大学档案馆、宜兴档案馆等档案机构同仁，虽然其中不少都增加了我一些不愉快的经历，但多少还是得感谢一下他们的工作！

当然，本书的出版还得感谢上海古籍出版社及编辑郭冲兄，他们为本书付出的辛劳，铭记于心。王雅戈教授团队为本书编纂了索引，在此一并致谢！

最后，也是最重要的，是要感谢家人对于我一贯的支持，尤其是内子。这本书从开始写作到正式出版，我经历了从人子到人夫再到人父的转变，在这其中家庭始终是我坚强的后盾，衷心祝愿我的家人健康幸福！

谢欢

2021 年 2 月 18 日初稿于彭城云龙湖畔

2021 年 5 月 10 日二稿于金陵扬子江畔

注：《钱亚新年谱》，谢欢著，上海古籍出版社 2021 年 5 月出版。

《回归与传承：钱亚新图书馆学学术思想论稿》后记

本书的主体是依托于 2016 年完成的博士论文，由于我的懒散，博士论文答辩通过后（据后来有关老师告知，我是那一年我们学院唯一一位以全优的成绩通过博士论文答辩的，后来也获得了 2016 年度南京大学优秀博士学位论文的荣誉），虽然不时有小的增补，但系统性的修改却迟迟没有进行。当时博士论文完成得较为仓促，距离我预定的目标还有一定距离，本想答辩完以后再行完善，不曾想随着时间的流逝，愈发地不想回头去把所有的材料重新拾起。我和许多师友谈及此事时，好像大部分人都有类似想法，我们开玩笑说"博士论文伤我们太重"，但"丑媳妇终归要见公婆"，今年疫情居家期间，终于鼓足勇气，在对博士论文略作修改之后，决定正式出版以接受大家的检验。

本书属于历史研究的范畴，有学者曾指出，历史研究的指路明灯是"理解"。"理解"一词既包含着困难，又孕育着希望，同时，又使人感到亲切（马克·布洛克：《历史学家的技艺》，张和声译，北京师范大学出版社，2014年，123页）。虽然说历史研究过程中需要研究主体尽量"保持距离"，不动感情，但是无论如何，每一位历史研究者还是有感情的。或许这也就是马克斯·韦伯（Max Weber）提出的"设法参与"（participate in）以及陈寅恪所谓的"同情之理解"。在研究钱亚新图书馆学学术思想中，笔者尽量回到历史现场，同时尽量秉持"客观"原则，与钱亚新保持距离，但是真正完全不动情，也不大可能，这或许也是本书的不足之一。

对于从事历史研究的人来说，"耐性"很重要，要依据新发现的资料对已有的研究不断地进行"再审查"（re-examination）、"再解释"（re-interpretation），因为"历史的书写是永无止境的"（安托万·普罗斯特：《历史学十二讲》，王春华译，北京大学出版社，2012年，73页）。笔者也深知这一原则，本书中最早的内容完成于2011年年底，全书的主体则是于2016年年初竣工，但是近年来每每在图书、期刊中阅读到相关研究成果时都要重新审视一下拙著中的相关章节，看看是否有需要修改增删之处。好在任何历史研究终不可能穷尽所有资料，以本书为例，由于战乱等原因，钱亚新早期《汉字排检法概论》《图书馆学讲义》等论著已无从得见，尤其遗憾的是未能目睹钱亚新藏书目录。像钱亚新等老一辈学者，学术研究多是基于个人藏书展开的，因此，个人藏书是反映学者治学兴趣的重要参考。钱亚新虽然多次强调个人不藏书，聚书只为教学研究需要，不过据徐雁教授所载钱亚新"藏书有近一橱，约近千册同图书目录学有关，后赠送南京大学文献情报系资料室"（徐雁，谭华军：《南京的书香》，南京出版社，1996年，153页），然而由于诸多原因，这批赠书如今打散存储于南大信息管理学院资料室，而当年的捐赠目录也需要进一步查考。另一方面，在已有资料中，笔者也不可能阅尽（主要是同时期其他学者的研究成果），因此在比较的过程中难免有所遗漏，而这或许也会影响到部分结论，这也是拙著的另一不足。他日如果发现钱亚新散佚论著，或是其他与本研究有关的未利用资料，书中的许多观点也许就要再次变动。因此，对于拙著中所得出的结论，笔者并不奢望得到不容他人复赘一语的定论（final interpretation）（这也是不切实际的），只要有三五读者能认为拙书的某些内容还不错，笔者就心满意足了！

这本小书的问世，首先还是要感谢恩师叶继元教授，我从2011年开始跟随叶师问学，从硕博连读的5年，到毕业留校工作至今，我充分感受到了叶师对于图书馆事业、图书馆学研究的热情，尤其是治学上的那份严谨，如对一个学术概念的深究，对一个简单数据的"刨根问底"

等，永远值得我学习！当时博士论文选题的确定，也要感谢叶师的包容，对学生研究兴趣的支持！当确定选题后，叶师就论文研究思路、研究方法和我或电话、或邮件、或面对面地详细讨论了多次，并且时常询问我的写作进度，写作过程中是否有什么问题？尤其令我难忘的是，自我确定研究钱亚新后，叶师在平常的阅读、研究中也会帮我留意，每当看到与钱亚新相关的资料后都会问我有没有看过，没有的话便让我抓紧去看一下，本书中的不少材料就是受叶师指点后发现并使用的。能跟随叶师问学，是我的荣幸，这份师恩毕生难忘！这本小书的完成，还要感谢徐雁教授、李刚教授，徐、李二师在文史领域耕耘多年，他们对我的研究，给了许多启发性的建议，让我少走了不少弯路！

从进入南京大学信息管理学院读书到毕业留校，倏忽之间已近 10 年，在这 10 年间，沈固朝教授、孙建军教授、郑建明教授、张志强教授、陈雅教授、苏新宁教授、华薇娜教授、朱庆华教授、叶鹰教授、欧石燕教授、邵波教授、吴建华教授、裴雷教授等无论是在学术上还是在生活中，都使我受益良多，感谢学术道路上的这些良师！

历史研究的一大关键是史料。就史料而言，本书顺利完成，首先要感谢的是钱亚新先生哲嗣钱亮老师，他把所藏的钱亚新未刊文稿、晚年学术通信等珍贵资料，悉数赠送给我，在本书付梓之际需要再一次感谢钱亮先生的信任与支持；其次，要感谢苏小波师兄，钱亚新晚年曾将部分遗稿交给张厚生教授保管与整理，张教授去世后又将这部分资料交由他的关门弟子苏小波保管，苏小波师兄出自苏大，高我两届，当我提出要查阅他保管的钱亚新先生资料时，苏师兄毫不犹豫地全部借给我，遗憾的是，2016年年初，小波师兄因病永远地离开了我们，想来实在痛心。再次，要感谢顾烨青师兄，顾师兄不仅为我提供了许多重要文献及线索，而且为本书的写作提供了帮助与指导。除此之外，我还要由衷地感谢几位好友：中山大学肖鹏兄、北京大学周亚兄、上海大学张衍兄、泉州师范学院郑锦怀兄、南大台湾籍同学黄冠升兄、国家图书馆孙蕊学姐、武汉大学彭敏惠学姐，他们为我提供了不少大陆民国时期、台湾及外文珍贵资料。除了这些我知道姓名的师友外，我到访过的南京大学图书馆、中国人民大学图书馆、南京师范大学图书馆、南京图书馆、宜兴图书馆、湖南大学图书馆、湖南师范大学图书馆、湖南省图书馆等诸多图书馆及那些不知姓名的老师，也非常感谢你们的帮助，你们的帮助让我这个学图书馆学的读者更加深刻地感受到了图书馆员职业的伟大！

此外，在从事钱亚新及图书馆学史的研究道路上，中山大学程焕文教授、北京大学王子舟教授、华东师大范并思教授、武汉大学陈传夫教授、肖希明教授等师长或是给予鼓励和关心，或是提供帮助，在此一并致谢！

本书的大部分章节基本都已经在《中国图书馆学报》《大学图书馆学报》《图书情报知识》《国家图书馆学刊》《图书馆杂志》《图书馆建设》《图书馆论坛》《河南科技学院学报》等专业报刊上刊发，感谢这些期刊这么多年来的关心与扶持。不过，需要说明的是，刊发于上述刊物上的有关内容在收入本书时，有些有所修改，部分内容修改幅度还是比较大的。

此外，常熟理工学院王雅戈教授团队为本书索引的编制，付出了辛勤的劳动，特此致谢。

最后，我必须郑重地感谢一下我的家人，特别是我的妻子，感谢他们长久以来对我工作、生活的支持与关心，家人的支持是我前进的永恒动力！我也由衷地希望我的家人健康幸福！

当然，我还得感谢一下我自己！对于选择图书馆学史这个方向，我丝毫不后悔！因为，"治学术史既是一项研究计划，更是一种自我训练。在探讨前辈学人的学术足迹及功过得失时，其实也是在选择某种学术传统和学术规范"（陈平原：《学者的人间情怀：跨世纪的文化选择》，北京三联书店，2007 年，27 页），这或许也是本书书名"回归与传承"之又一旨归吧！最后借严耕望先生语结束全文："学术求精，本无际涯，如有同好，盼共商

榷!"（严耕望:《治史三书》, 上海人民出版社，2011 年，
205 页）

谢欢

2016 年 3 月 21 日于南大仙林

2020 年 7 月 31 日于金陵江畔味斋

2021 年 6 月 28 日于金陵江畔味斋

注:《回归与传承：钱亚新图书馆学学术思想论稿》，
谢欢著，科学出版社，2021 年 8 月出版。

《耶鲁大学藏金陵大学档案目录提要》后记

　　2018 年 10 月，我在国家留学基金委的资助下抵达美国，开启了为期一年的访学生活。根据事先计划，此次赴美访学的主要任务是搜集民国时期中美图书馆事业交流合作的资料，并开展相应的研究。中美图书馆事业交流史是一个非常宏大的课题，我在美仅停留一年时间，人力、财力、物力亦都有限，因此必须有针对性地进行资料的搜集与整理。出于学缘，我将焦点放在了我求学、工作的南京大学的前身之一金陵大学（University of Nanking）有关资料的搜集与整理之上。

　　金陵大学，可以说是教育领域近代中美合作交流的重要结晶之一。而就我所在图书馆学专业领域而言，金陵大学更是留下了太多值得书写的内容，仅就人物而论，就有洪有丰、李小缘、刘国钧、曹祖彬、吴光清、钱存训等人相继赴美学习图书馆学，这些人学成之后或返回中国，或留在美国，为中国近代图书馆事业发展以及中美图书馆事业交流合作做出了重要贡献。

作为一所在中国开办的教会大学，金陵大学一直有两套书写体系，一套是中文，另一套是英文，因此也就产生了两套档案，而金大也非常注重自身档案的管理与保存。中文档案目前主要由南京的中国第二历史档案馆以及南京大学档案馆保存，而英文档案则是由美国的亚洲基督教高等教育联合董事会（United Board for Christian Higher Education in Asia，简称"亚联董"）保管，亚联董保存的这批档案后来陆续移交给耶鲁大学神学院图书馆（Yale University Divinity School Library）保管（关于这批档案的介绍可参见本书前言）。早在国内时，我就断断续续在线查阅利用过耶鲁神学院的部分金陵大学档案，到了美国之后，我系统研读了这批档案，读完之后，不仅对于金陵大学的历史有了更深的了解，而且还发现了很多与金陵大学图书馆学教育史有关的珍贵史料，如 1922 年金陵大学举办的暑期学校中，开设了图书馆学相关课程，1926年，李小缘已在金陵大学开设了图书馆学课程，这些史实此前国内学界从未有人提及，由此也可见亚联董这批档案的价值。在研读这批档案时，我发现耶鲁神学院图书馆早在 1980 年代就编纂有一份亚联董档案使用指南，但这份指南相对比较简单，不能很好地揭示这批档案内容，于是我决定编纂一份关于金陵大学档案的注释目录（annotated bibliography）。

但是，由于刚开始半年我将大部分的精力放在 *Part of Our Lives: A People's History of the American Public Libraries*（中译本名为《美国公共图书馆史》，国家图书馆出版社 2021 年 6 月出版）一书的翻译上（这项工作本不在访学计划之内），只能零星地花一些时间用在耶鲁大学所藏金大档案的阅读、整理上，待该书翻译完之后，我开始集中攻关，很快便完成了档案目录初稿的编纂。偏居美国西南，在编纂这样的目录时，不仅想到当年的李小缘先生、袁同礼先生在美国编纂着各类中国有关的文献目录，想到此，觉得本书也多了一份学术传承的味道，或许这也是对前辈最好的纪念方式之一。

本目录的完成首先要感谢耶鲁大学神学院图书馆高级档案助理 Joan R. Duffy 以及特藏部馆员 Sara Azam 的帮助，当我邮件与其联系编纂中文注释目录时，她们不仅授权、表示感谢，还给予了我很多帮助。凤凰出版社韩凤冉兄、张永堃兄为本书的出版给予了大力的支持与帮助，常熟理工学院王雅戈先生团队为本书编纂了索引。对于以上师友，在此一并致谢。

需要说明的是，本书虽然名曰"耶鲁大学馆藏金陵大学档案目录"，但是并非耶鲁所藏全部金大档案都予以揭示，只是针对亚联董档案中第四部分"中国教会大学档案（Series IV：China College Files）"中的金陵大学档案（见本书前言），在亚联董其他几个部分的档案中，仍然含有部分金陵大学档案，但是这部分档案目前需要到耶鲁神学院图书馆现场查阅，本来我计划把这部分档案一并著录，但是突如其来的新冠疫情打乱了所有节奏，所以对于这一部分内容只能暂时搁置。另外，本书相较于耶鲁1980年代编纂的亚联董档案使用指南相对详细了一些，如果本书能为中国学者利用亚联董金大档案提供一丝帮助，本人也就心满意足了。当然，本目录仍然有可以完善的地方，例如不少档案中涉及的金大中国学生的中文名字，还是没有找到，因此只能暂时使用韦氏拼音文字著录。关于其他的问题也请各位方家不吝赐教，我的邮箱是 xiehuan@nju.edu.cn。

　　2022年，我所在的南京大学迎来了120周岁的生日，在这一特殊的时候，出版这样一本小书，作为对母校生日的一份小小贺礼，也为本书增添了别样的意义。

2022年2月9日初稿于彭城云龙湖畔

2022年2月26日于金陵江畔味斋

　　注：《耶鲁大学藏金陵大学档案目录提要》，谢欢编著，凤凰出版社，2022年10月出版。

凤凰枝文丛

壶兰轩杂录　　　　　　　　游自勇　著

己亥随笔　　　　　　　　　顾　农　著

茗花斋杂俎　　　　　　　　王星琦　著

远去的星光　　　　　　　　李　庆　著

梦雨轩随笔　　　　　　　　曹　旭　著

半江楼随笔　　　　　　　　张宏生　著

燕园师恩录　　　　　　　　王景琳　著

鼓簧斋学术随笔　　　　　　范子烨　著

纸上春台　　　　　　　　　潘建国　著

友于书斋漫录　　　　　　　王华宝　著

五库斋清史存识　　　　　　何龄修　著

蜗室古今谈　　　　　　　　丰家骅　著

平坡遵道集　　　　　　　　李华瑞　著

竹外集　　　　　　　　　　朱天曙　著

海外嬲嬛录　　　　　　　　卞东波　著

耕读经史　　　　　　　　　顾　涛　著

南山杂谭　　　　　　　　　陈　峰　著

听雨集　　　　　　　　　　周绚隆　著

帘卷西风　　　　　　　　　顾　钧　著

宁钝斋随笔　　　　　　　　莫砺锋　著

湖畔仰浪集　　　　　　　　罗时进　著

闽海漫录　　　　　　　　　陈庆元　著

书味自知　　　　　　　　　谢　欢　著

三余书屋话唐录　　　　　　查屏球　著

酿雪斋丛稿　　　　　　　　陈才智　著

平斋晨话　　　　　　　　　戴伟华　著

朗润舆地问学集　　　　　李孝聪　著
夏夕集　　　　　　　　　李　军　著
瀛庐晓语　　　　　　　　王晓平　著
知哺集　　　　　　　　　宁稼雨　著
莲塘月色　　　　　　　　段　晴　著
我与狸奴不出门　　　　　王家葵　著
紫石斋说瓠集　　　　　　漆永祥　著
飙尘集　　　　　　　　　韩树峰　著
行脚僧杂撰　　　　　　　詹福瑞　著